Das Haus

AF 139268

FSC
www.fsc.org

MIX

Papier aus ver-
antwortungsvollen
Quellen
Paper from
responsible sources

FSC® C105338

© 2016 Madison S. Archer
Alle Rechte vorbehalten
Herstellung und Verlag:
BoD - Books on Demand, Norderstedt
ISBN 978-3-7392-2434-3

Das Haus

von

Madison S. Archer

Die in diesem Roman vorkommenden Orte und Personen sind frei erfunden. Ähnlichkeiten mit tatsächlichen Orten und real existierenden Personen wären rein zufällig und sind nicht beabsichtigt.

Prolog

„Irgendwann fügt sich alles zusammen, genau wie es sich zusammenfügen soll."
Wer das mal zu mir gesagt hat, daran erinnere ich mich heute nicht mehr. Doch Der- oder Diejenige hatte vollkommen Recht. Manchmal dauert es zwar das halbe Leben, doch irgendwann klopft das Schicksal an die Tür.

Das mit den Türen ist allerdings so eine Sache.
Denn sie führen in beide Richtungen …

Sheriff Maxwell Trent war ein gutmütiger Mittvierziger. Er und sein jüngerer Partner Tom Foster arbeiteten schon eine ganze Weile zusammen. Am meisten mochten sie die Spätschicht. Da es in dem kleinen Urlaubsort selten wirklich große Probleme gab, ließen es er und Tom in der Regel ruhig angehen und trafen sich während ihrer Streifenfahrten schon mal auf einen Kaffee bei Lynette im Drive In am Rande der Stadt. So auch heute, jedoch diesmal aus einem etwas abwechslungsreicheren Anlass. Er und Tom sollten als Zeugen bei einer Testamentseröffnung fungieren.

Sheriff Trent traf als erster vor dem Drive In ein. An diesem Abend war er besonders froh über die Abwechslung. Es hatte den ganzen Tag über geschneit, was es nebenbei bemerkt immer noch tat, und rein gar nichts war los auf den Straßen. Die Stadt schien wie ausgestorben. Noch nicht einmal ein streunender Hund war irgendwo zu sehen.

Er betrat den Gastraum, nahm seinen Hut vom Kopf und klopfte mit der freien Hand den Schnee ab. Dann lies er seinen Blick durch den Gastraum schweifen. Schummrige Beleuchtung empfing ihn. Normalerweise wäre die Luft hier um diese Zeit bereits von Zigarettenrauch geschwängert und so dick wie Nebel. Doch der Raum war beinahe leer, was auch nicht weiter verwunderlich war. Von dem plötzlichen, viel zu frühen Wintereinbruch waren die Leute in dieser Region vollkommen überrascht worden, und schienen daher alle Zuhause geblieben zu sein. Alle bis auf einen.

Lloyd Richardson, der Testamentsvollstrecker, ein väterlich lächelnder, älterer Herr im grauen Anzug, mit einem leicht rundlichen Gesicht und einer schwarz umrandeten Brille auf der Nase saß an der Theke bei einer Tasse Kaffee und plauderte leise mit Lynette. Als er Max hereinkommen sah, drehte er sich zu ihm und winkte ihn zu sich. Die beiden Männer kannten sich gut, nicht zuletzt da Richardson mit Maxwells älterer Schwester Diane verheiratet war.

„Deine Mrs. Smith hat sich ja einen tollen Tag für die Eröffnung ihres Testamentes ausgesucht", frotzelte Max mit einer wohltönenden dunklen Stimme, während er sich mit der einen Hand den Barhocker zurechtrückte und mit der anderen seinen Hut auf einen der Nachbarhocker beförderte. Sofort eilte Lynette zum hinteren Teil der Theke, goss einen Pott voll frisch gebrühten Kaffee und stellte ihn vor Max, der gleich damit begann, seine Hände daran zu wärmen.

„Wo bleibt denn Tom?", fragte sie beiläufig.

„Verspätet sich wohl etwas", antwortete Max mit einem Grinsen im Gesicht. „Er hat vorhin über Funk gemeldet, dass es bei Mills Creek 'nen Erdrutsch gegeben hat. Er muss wahrscheinlich außenrum."

Besorgt sah Richardson auf die Uhr. Es war nicht mehr viel Zeit. Lynette fing seinen Blick auf. „Schon okay, Schätzchen", sagte sie auf ihre unnachahmliche Art. „Wenn er nicht rechtzeitig kommt, dann mach ich Dir eben den zweiten Zeugen." Dabei tätschelte sie mütterlich die Hand des Mannes, der vom Alter her gut ihr Vater hätte sein können.

Von draußen drangen Motorgeräusche zu ihnen herein. Richardson atmete auf. Das musste Tom sein. Als der endlich zur Tür hereinkam, konnten ihm die Anderen am Gesicht ablesen, dass sein Abend bisher nicht so toll verlaufen war. Er setzte sich neben Max und beförderte dessen, sowie seinen eigenen Hut einen Platz weiter.

Lynette stellte einen Pott dampfenden Kaffee vor ihm hin, so wie sie es zuvor auch bei Max getan hatte. Und genau wie Max, legte auch er seine Hände um den Becher. Dann blickten alle drei erwartungsvoll Lloyd Richardson an.

Der öffnete seine Tasche und entnahm ihr eine Akte. „Wir haben uns heute hier versammelt, um den letzten Willen von Sissy Smith zu verlesen. Sie hat verfügt, dass dies genau 6 Wochen nach ihrem Tod hier im Drive In um genau 18.00 Uhr zu geschehen hat", er sah erneut auf seine Uhr. „Diese Bedingung haben wir schon mal erfüllt." Er entnahm der Akte ein verschlossenes Briefkuvert und nestelte umständlich daran herum, bis es endlich seinen Inhalt preisgab. Er faltete das Blatt Papier auseinander, rückte seine Brille auf der Nase zurecht und begann zu lesen. „Ich Sandra Philomena Geraldine Eleonore Cäcilia Smith, genannt Sissy ... blablabla das können wir überspringen ... Im Vollbesitz meiner geistigen Kräfte ... blablabla das können wir auch überspringen ... Da ich keine Nachkommen oder sonstige noch lebenden Verwandte habe, verfüge ich hiermit, dass mein gesamter irdischer Besitz an die Person gehen soll, die nach 18.00 Uhr abgesehen von den geladenen Zeugen den Drive In betritt".

Alle sahen sich an und keiner wagte, das Offensichtliche auszusprechen. Das konnte eine lange Nacht werden. Denn bevor jetzt nicht jemand durch diese Tür da vorne trat war die Testamentseröffnung nicht beendet und die Anwesenden konnten nicht nach Hause.

Nach dem der erste Anflug von Begeisterung verflogen war, beschlossen Tom und Max ein paar Minuten vor die Tür zu gehen.

Tom trat als erster aus dem Drive In, dicht gefolgt von Max. Beide schlugen die Krägen ihrer Jacken hoch und sahen zu ihren nebeneinander geparkten Wagen hinüber. ,Nein, das wäre nicht korrekt. Sie hatten diese Aufgabe angenommen und würden sie auch zu Ende bringen.'

Tom der gerade dabei war, sich eine Zigarette anzuzünden, hielt plötzlich mitten in der Bewegung inne, so dass Max beinahe auf ihn geprallt wäre. Er hob den Kopf und lauschte angestrengt. Auch Max spürte, dass sich ihnen Irgendetwas oder Irgendjemand näherte. Er spähte in die Dunkelheit.

Täuschte er sich oder war es inzwischen noch kälter geworden?

Tom hob warnend die Hand. Da war wieder dieses undefinierbare Geräusch. Es klang fast wie tapsende Schritte, so als ob sich jemand mit letzter Kraft dahin schleppte. Und zusätzlich war da etwas, das wie das Fiepen eines Hundes klang. Doch zu sehen war nicht das Geringste. Schweigend standen die beiden Männer da und lauschten in die Dunkelheit hinein. Ihr Atem stand wie dünne, weiße Schals vor ihren Mündern und wurde vom Nachtwind mit den immer noch spärlich fallenden Schneeflocken zu einer trüben Suppe vermischt.

Tom drehte sich in die Richtung, aus der er das Geräusch wahrzunehmen glaubte, bis sein Blick auf die Einfahrt zum Parkplatz fiel. Dort, im Lichtkegel der Parkplatzbeleuchtung, zeichnete sich jetzt schemenhaft eine menschliche Gestalt ab.

Beiden Männern stockte der Atem, als die Gestalt näher kam. Es war eine junge Frau, die trotz der Kälte mit einem knielangen, schwarzweiß gemusterten Etuikleid und darunter einem dünnen schwarzen Rollkragenpulli und schwarzen Leggins viel zu dünn gekleidet war. Auch ihre flachen Ballerinas konnte man keinesfalls wintertauglich nennen.

Tom warf seine Zigarette in den Schnee und machte sich innerlich bereit los zu rennen.

Die Frau hatte sich zusammengekrümmt, ihre Kleidung sah reichlich ramponiert aus und sie war offensichtlich halb erfroren. Mit unsicheren Schritten kam sie auf das Lokal zu. Die beiden Männer, die direkt davor standen, schien sie gar nicht wahrzunehmen. Dann brach sie mitten in der Bewegung zusammen. Noch bevor ihr Körper den Boden berührte, war Tom mit großen Schritten bei ihr und fing sie auf.

Während Tom die Frau auf seine Arme nahm, fiel der Blick des Sheriffs zum Eingangsbereich des Parkplatzes. Genau dort, gerade außerhalb des Lichtkegels der Straßenlaterne, war knapp über dem Boden ein Schatten, der sich bewegte. Und für einen kurzen Augenblick glaubte Trent einen Wolf zu sehen. Doch als er genauer hinsah, war der Schatten verschwunden. Er hatte keine Zeit länger darüber nachzudenken, denn er musste seinem Kollegen dabei helfen, der fremden Frau das Leben zu retten.

X

Als sie erwachte, lag sie auf einer Sitzbank in Lynettes Drive In und das gutmütige Gesicht von Sheriff Trent blickte besorgt zu ihr hinab. Irgendjemand flößte ihr etwas Warmes zu trinken ein. Sie hörte mehrere Stimmen wie durch eine dicke Wand aus Watte und sah ihre Umgebung nur verschwommen. Eine kräftige, angenehm dunkle Stimme direkt vor ihrem Gesicht fragte immer wieder nach ihrem Namen, bis sie die Frage endlich verstand und leise antwortete.

„Mein Name? ... Mein Name ... ich ... erinnere mich nicht...“

Die Leute um sie herum warfen sich besorgte Blicke zu. Der Mann mit der angenehmen Stimme richtete zuerst wieder das Wort an sie. „Offensichtlich hatten Sie einen Unfall. Ihre Kleidung sieht ziemlich ramponiert aus. Waren Sie mit dem Auto unterwegs? Möglicherweise finden wir dort eine Tasche mit einem Ausweis.“

Die junge Frau sah grübelnd drein. „Ich erinnere mich an kein Auto. ... Moment“, da war doch etwas, etwas das sie nicht richtig greifen und festhalten konnte. Für den Bruchteil einer Sekunde zuckte das hochrote Gesicht eines Mannes durch ihre Erinnerung, der sie, mit den Händen wie einen Schraubstock um ihren Hals, gegen die Innenseite einer Schnellzugtür presste. „Da war eine Tür“, sie schüttelte den Kopf, „an mehr erinnere ich mich nicht.“

Richardson fasste sich als erster wieder. "Wir sollten sie zu einem Arzt bringen, doch das nächste, das man Krankenhaus nennen könnte, ist mehr als 30 Meilen entfernt. Die Fahrt dahin ist bei diesem Wetter und noch dazu im dunklen lebensgefährlich. Unser örtlicher Medizinmann ist ausgerechnet heute nicht da. Daher hätte ich einen anderen Vorschlag." Er sah sich um und suchte nach einem Zeichen von Zustimmung in den Gesichtern der Anderen.

Max verstand als erster und schüttelte kaum wahrnehmbar den Kopf. Er stellte sich so neben seinen Schwager, dass nur dieser ihn hören konnte. "Ich halte das für keine gute Idee Lloyd."

"Warum denn nicht?", entgegnete Richardson ebenfalls im Flüsterton und vollkommen arglos. "Du weißt doch, dass Sissy immer auf die heilenden Kräfte ihres Hauses geschworen hat. ... Ich hab es selbst erlebt. ... Du erinnerst dich doch an das Barbeque zu dem Diane und ich eingeladen waren. Und ich schwöre dir, ich hatte einen furchtbaren Hexenschuss an diesem Tag. ... Sissy hat mir angeboten, ein Nickerchen auf der Veranda zu machen. Und danach war mein Rücken wie ausgewechselt. ... Das ist eine Tatsache." Er nickte entschieden, als wolle er damit seiner Geschichte mehr Nachdruck verleihen.

"In Ordnung, Herr Anwalt ... Es ist Deine Show", konterte Max, und indem er sich wieder den anderen Anwesenden zuwandte, "wir sollten aber wenigstens ein paar Fotos von den Verletzungen machen. Ich hab das Gefühl, dass wir die noch brauchen werden." Er fischte sein Handy aus der Innentasche seiner Jacke und gab es Lynette. Dann zogen er, Tom und Lloyd sich an die Theke zurück, um der Frau etwas Privatsphäre zu geben.

Lynette fotografierte alles ordentlich. Während die Frau sich wieder anzog ging sie zu Max, drückte ihm das Handy in die Hand und raunte ihm zu, "Jede Menge Kratzer,

Schürfwunden und blaue Flecke. Sieht aus, als wäre sie aus einem fahrenden Zug gefallen. Und schau dir die Fotos vom Hals und den Handgelenken mal genauer an."

"Hast du einen bestimmten Verdacht?" Sie hob die Schultern. "Weis nicht. Du kennst dich mit sowas besser aus. Aber ..." "Aber?" "Naja ... ich hab solche Verletzungen schon mal gesehen. ... An dieser Biggi Soundso. ... Die hatte ihren Mann damals wegen häuslicher Gewalt angezeigt." Jetzt dämmerte Max, worauf sie hinaus wollte. "Ist gut. Ich seh's mir an", er sah die Frau auf sie zukommen, hob das Handy vor die Augen "bitte lächeln" und drückte den Auslöser. "Damit ich was hab, das ich mit der Vermisstendatenbank abgleichen kann. ... Naja, falls wir kein Auto finden."

Richardson stand von seinem Stuhl auf, drehte sich zu der Frau um und räusperte sich. „Miss, wenn ich Sie bitten dürfte, sich einen Augenblick Zeit zu nehmen", er lächelte verbindlich und bot ihr einen Stuhl an.

Sie zuckte ratlos mit den Schultern. „also soweit es mich betrifft, hab ich heut noch nichts besseres vor. ...Jedenfalls, soweit ich mich erinnere."

„Schön, dass Sie Ihren Humor nicht verloren haben." Max half ihr auf den nächstgelegenen Barhocker. Lynette stellte sofort eine Tasse Kaffee vor sie hin. Die Frau legte gedankenverloren ihre Hände um die Tasse.

Wie sich die Bilder doch gleichen.

Die Ärmel ihres Pullovers rutschten dabei etwas zurück, so dass man die bläulich verfärbten Handabdrücke um ihre Handgelenke deutlich erkennen konnte. Sheriff Trent und sein Partner nahmen sie zähneknirschend zur Kenntnis.

Richardson hob die Akte hoch, die vor ihm auf dem Tisch lag, und hielt sie so, dass er damit die Aufmerksamkeit der Frau einfing. „Also mein Name ist Lloyd Richardson. Ich bin Rechtsanwalt und Notar. Und das hier sind Lynette, ihr gehört dieser Diner, Sheriff Maxwell Trent und sein Partner Tom Foster. ... Wir waren gerade dabei, ein Testament zu vollstrecken, als sie gewissermaßen hier ... hereingeschneit sind." Da ihm die Frau aufmerksam folgte, während sie sich an der Kaffeetasse wärmte, fuhr er fort. „Es gab hier eine etwas exzentrische ältere Dame. Ihr gehörte eines der ersten Anwesen unseres Ortes. ... Man könnte sogar sagen, dass sie und ihr Mann diesen Ort mit gegründet haben." Immer noch hörte die Frau so aufmerksam zu, wie sie konnte.

„Sie ist vor genau sechs Wochen verstorben. ... Sie hatte keine Nachkommen oder sonstige Verwandte. ... Und sie hat verfügt, dass ihr Besitz an denjenigen gehen soll, der genau heute nach 18.00 Uhr als erster diesen Diner betritt. ... Uns erschien das alles recht merkwürdig. ... Nun ja. ... Wie gesagt, war unsere gute Sissy schon immer etwas exzentrisch. ... Aber ich werd' irgendwie das Gefühl nicht los, dass sie genau wusste, was sie da tut. ... Und dass sie dabei an Sie gedacht hat", damit deutete er mit dem ausgestreckten Zeigefinger direkt vor die Nase der jungen Frau. „Und ich wollte vorschlagen, jedenfalls so lange bis Sie sich wieder an irgendwas erinnern ... oder bis Sheriff Trent Ihre wirkliche Identität ermittelt hat ... je nachdem was früher eintritt".

„Nun mach's nicht so spannend", brummte Trent dazwischen.

„Ist ja gut", Richardson warf einen entschuldigenden Blick in die Runde, „Also ich wollte vorschlagen, dass Sie sich Ihren Besitz gleich mal anschauen. ... Sie können da wohnen, bis es Ihnen wieder besser geht."

„Na Haleluja", rief Lynette mit gespielter Dramatik, „das war ja jetzt echt eine schwere Geburt."

„Darf ich auch etwas vorschlagen?", ließ Sheriff Trent seine brumbärige Stimme vernehmen. Und als ihn alle ansahen, „also, wir müssen Sie ja irgendwie anreden. ... Ich dachte mir, Sie könnten sich einen der reichlichen Namen der Verstorbenen aussuchen. ... Und ... naja ... sie hatte keine Angehörigen. ... Daher schlage ich vor, dass wir Sie bis auf Weiteres als ihre Nichte betrachten. ... Sie wären dann nicht irgendeine Unbekannte."

„Wie hieß die Verstorbene denn?"

„Sandra Philomena Geraldine Eleonore Cäcilia Smith, Rufname Sissy. ... Suchen Sie sich den Namen aus, der Ihnen am besten gefällt. ... Dann müssen wir Sie nicht Jane Doe nennen."

„Wieso Jane Doe?"

„Nun ... es ist so üblich, dass Personen, deren Identität unbekannt ist, wie zum Beispiel Unfallopfer die keinen Ausweis bei sich haben und so weiter, John Doe und Jane Doe genannt werden. ... Es sei denn natürlich, dieser Name würde Ihnen besser gefallen."

Die junge Frau überlegte einen Augenblick, „Mir gefällt Sandra. Nennen Sie mich Sandra Smith." Und das erste Mal an diesem Abend lächelte sie.

„Es ist spät. Ihr solltet euch auf den Weg machen", Trent nickte Richardson zu, der sofort begann, die Unterlagen wieder ordentlich in seine Tasche zu packen. „Ich sorge dafür, dass unser Medizinmann gleich morgen nach Ihnen sieht". Damit schüttelte er Sandra herzlich aber vorsichtig die Hand.

X

Bevor sie sich auf den Weg machten, drückte Richardson Sandra noch ein Päckchen in die Hand, das die Verstorbene vor ihrem Tode noch selbst gepackt hatte. Es enthielt eine indianische Halskette, einen dicken Schlüsselbund, einen Strauß gepresster Blumen und ein Tagebuch, das offensichtlich von ihr selbst stammte.

Sie brauchten bei dem Wetter knapp eine halbe Stunde, um den Weg zwischen dem

Diner und Sandras neuem Besitz mit dem Auto zurück zu legen. Richardson musste sehr langsam und vorsichtig fahren. Während der Fahrt versuchte er mit Sandra locker zu plaudern, mit eher mäßigem Erfolg. Sie schien ihren eigenen Gedanken nachzuhängen.

„Hat der Sheriff das ernst gemeint? ... Das mit dem Medizinmann, meine ich." Richardson schmunzelte. „Ja. Hat er. ... Sie werden Doktor Carter bestimmt mögen."

Es ging ans andere Ende des Ortes und je näher sie dem Anwesen kamen, umso mehr fühlte Sandra sich in eine andere Welt versetzt. Der hereinbrechende Winter schien hier keine Macht zu haben. Es schien, als wäre die Zeit stehen geblieben.

Das Anwesen begrüßte sie mit einem großen holzgeschnitzten Tor, das in den Angeln quietschte und einer wie ein Torbogen gewachsenen Bohnenranke.

Richardson erzählte ihr, während er das Tor schloss und sich wieder hinter das Lenkrad des Wagens setzte, dass er die Verstorbene des Öfteren gebeten hätte, die Türangeln ölen zu lassen. Doch sie hätte jedes Mal nur geantwortet, so würde sie wenigstens immer gleich hören, wenn Jemand zu Besuch käme.

Sie fuhren den geschwungenen, gekiesten Weg durch den verwilderten, beinahe verwunschen aussehenden Garten direkt bis vor das einstöckige Haus. Es schien, als wäre es überwiegend aus Holz gebaut. Zwei Stufen führten hinauf auf die Veranda. Eine der Stufen knarrte. Richardson sagte, die Verstorbene meinte immer, das Haus spricht zu ihr.

Auf der Veranda stand noch der Schaukelstuhl, auf dem sie abends öfter saß, ein Glas Limonade auf dem kleinen korbgeflochtenen Tisch mit der Glasplatte neben sich.

Sandra lauschte in die Stille hinein. Sie hörte das Summen von Bienen und anderen Insekten, das schrille Geräusch von Zikaden in den Bäumen, das Zwitschern von Vögeln und das Rascheln kleinerer Tiere in den Büschen. Sie hätte nicht einmal sagen können, ob ihre Fantasie ihr hier einen Streich spielte, oder ob das was sie da wahrnahm tatsächlich real war.

Richardson jedenfalls schien zu frieren. Er bat um den Schlüsselbund aus der Schachtel und öffnete die Haustür. Sie empfing ein langer, düsterer Flur, der durch die kleine Fensterscheibe in der Tür nur spärlich beleuchtet wurde. Er griff nach links und drehte den Lichtschalter.

Mehrere an den Wänden angebrachte, kerzenförmige Leuchten vertrieben die Dunkelheit. Alles sah staubig aus und ein dumpfer, modriger Geruch lag in der Luft. Der schmale, rote Teppich, der den gesamten Flur entlang reichte, hatte augenscheinlich schon mal bessere Tage gesehen. Er war alt und durchgetreten. An einigen Stellen begann er bereits, sich aufzulösen. Bei jedem

Schritt knarrten die Dielen. Es fehlten nur ein paar dicke, verstaubte Spinnenweben an den Leuchten und man hätte meinen können, man beträte ein Geisterschloss.

Es gab vier Türen und gleich zur rechten einen großen Durchgang. Richardson fing mit der Führung bei der ersten Tür links an. Es war die Küche. Dort gab es einen alten Herd, der noch mit Kohle oder Holz beheizt werden musste. Ein kleiner Stapel Holzscheite in passender Größe lag direkt daneben. „Meine Großmutter hatte früher auch mal so einen", erwähnte Richardson beiläufig. Am Spülstein befand sich eine Pumpe. Es gab eine Anrichte, in der sich das Geschirr befand, einen großen, rechteckigen Küchentisch und ein paar Stühle darum herum. Der Raum wirkte, als wäre er einer Fotografie aus der Pionierzeit entsprungen.

Gegenüber der Küche hinter dem großen Durchgang befand sich das Wohnzimmer. Es war behaglich und, anders als die Küche, überraschend modern eingerichtet. Es gab einen Fernseher und auf dem Schreibtisch in der Ecke ein Telefon und sogar einen Computer. Richardson erwähnte, es gäbe hier eine ultraschnelle Internetverbindung, die der verstorbene Mann von Sandras „Tante" beruflich genutzt hätte. Der sei freiberuflicher Börsenmakler gewesen.

Ein großer Kamin an der linken Seitenwand ragte mit seiner Rückseite in das angrenzende Zimmer und wärmte, sofern er in Betrieb war, dieses gleich mit.

Die nächste Tür auf der linken Seite führte ins Badezimmer. Auch hier gab es eine Pumpe. Also nur kaltes Wasser. Dafür gab es einen Tank, in dem mittels eines Kohleofens direkt darunter das Wasser beheizt werden konnte. Gegenüber dem Badezimmer lag der Schlafraum, in den, wie bereits erwähnt, die Rückseite des Kamins hineinragte, wodurch das Kopfende des Bettes sowie der Nachttisch verdeckt wurden.

Und am Ende des Flures befand sich die Tür zu dem Raum, in dem die Verstorbene wohl die meiste Zeit des Tages verbracht haben dürfte. Bereits beim ‚Darauf-zu-gehen' hörte Sandra diese flüsternden Stimmen, die Richardson nicht zu hören schien.

Der Raum war augenscheinlich der größte und nahm beinahe die Hälfte der gesamten Grundfläche des Hauses in Anspruch. In der Mitte stand ein alter Schreibtisch mit einer genauso alten Schreibmaschine darauf und rechts hinten in einer Nische stand noch ein einzelnes Bett. Die Regale ringsum an den Wänden waren über und über mit Büchern gefüllt. Auch auf dem Bett lagen Bücher unordentlich verteilt. An verschiedenen Stellen im Zimmer waren einige Bücher zu unordentlichen, wackeligen Türmen aufgestapelt. Sprachlos und mit halboffenem Mund stand Sandra in der Mitte vor dem Schreibtisch und drehte sich staunend im Kreis bis ihr schwindelig wurde. So viele Bücher hatte sie außerhalb einer städtischen Bücherei noch nie gesehen. ... Nun ...

jedenfalls nahm sie das an. „Wer ist sie?" „Sie ist da." „Ist sie das?" Täuschte sie sich, oder hörte sie jemanden flüstern? Richardson schien es nicht gehört zu haben, also entschied Sandra, sie habe sich getäuscht.

„Eine ganze Reihe davon hat Sissy selbst geschrieben", sagte Richardson, während er Sandra mit der einen Hand am Ärmel zupfte und mit der anderen in Richtung eines bestimmten Regales deutete.

Sie folgte mit den Augen seinem ausgestreckten Finger und sah ein halbes Regal voll gleich aussehender, grün gebundener, dicker Bücher. Nur die Titel auf den Buchrücken deuteten an, dass jedes davon einen anderen Inhalt hatte. „Nimm mich" „Nein mich", hörte sie wieder dieses Flüstern.

Sie nahm eines der Bücher aus der Reihe heraus und betrachtete es gedankenverloren. Der beim Aufklappen aufwirbelnde Staub kitzelte sie in der Nase. Wie aus weiter Ferne strömte ein merkwürdiges Gefühl auf sie zu, in sie hinein und durch sie hindurch.

Zuhause.

Sie war hier buchstäblich am Ende der Welt, und sicherlich hatte sie bisher ein völlig anderes Leben geführt; jedenfalls soweit das ihre Kleidung vermuten ließ. Doch hier fühlte sie sich Zuhause. Und wieder hörte sie diese flüsternden Stimmen, von denen sie nicht einordnen konnte, ob sie zu ihr sprachen oder über sie.

Urplötzlich drang ihr der Duft von frisch aufgebrühtem Kaffee in die Nase.

„So wie es aussieht, möchte das Haus ihnen Hallo sagen". Richardsons Stimme drang wie durch dicke Nebelschwaden an ihr Ohr. Sie sah ihn fragend an und als er ihr aufmunternd zunickte, stellte sie das Buch wieder zurück in das Regal und folgte ihm in die Küche.

Irgendetwas hatte sich in der Zwischenzeit verändert. Der muffige Geruch war verflogen. Es war behaglich warm. Und der Flur wirkte nicht mehr so staubig, wie noch Augenblicke zuvor. Auch der Teppich schien in der Zwischenzeit, eine wunderbare Erneuerung erfahren zu haben.

In der Küche stand inzwischen ein großer Pott Kaffee auf dem Küchentisch. Richardson nahm ihn und reichte ihn an Sandra weiter. Immer noch in Gedanken versunken probierte sie einen Schluck. Er schmeckte genauso, wie sie ihn gerne mochte.

Plötzlich schoss ihr ein Gedanke durch den Kopf und sofort sprudelte sie damit heraus. „Gibt es hier eine Haushälterin? Und woher weiß die, dass ich Kaffee mag?" Und etwas leiser fügte sie hinzu „ich weiß es ja nicht mal selber."

Richardson lächelte sie spitzbübisch an. „Das werden sie schon herausfinden. ... Ich bin sicher, sie werden sich hier wohl fühlen. ... Ich komme morgen vorbei und bringe ihnen die Dokumente. Und Sheriff Trent wird auch morgen nach Ihnen sehen. Wenn er es zeitlich einrichten kann, wird er unseren Medizinmann sicher gleich mitbringen." Damit drückte er ihr herzlich die Hand und trollte sich.

Sie folgte ihm auf die Veranda, die Kaffeetasse noch in der Hand, setzte sich in den Schaukelstuhl und blickte Richardson nach, wie er den Wagen wendete und das Grundstück durch das große Tor mit den quietschenden Angeln wieder verließ. Sie sah noch im Lichtkegel der Straßenlaterne vor dem Zaun, wie die roten Rücklichter seines Wagens im Schneegestöber jenseits des Tores untergingen.

Sie saß da und träumte vor sich hin, bis sie plötzlich merkte, dass sie Hunger hatte. Sie ging hinein und überlegte, wo sie wohl jetzt etwas Essbares her bekommen könnte.

Wie angewurzelt blieb Sie in der Küchentür stehen. Im Herd knisterte ein gemütliches Feuer und auf dem Tisch stand ein Teller mit Bratkartoffeln, Speck und Eiern, daneben ein paar Scheiben dunkles Brot und Besteck. Und, als hätte das Haus ihre Gedanken gelesen, stand plötzlich noch ein Glas frisch gezapften Bieres daneben.

Seltsamerweise war sie nicht so überrascht, wie man hätte erwarten können. Der ganze Tag hatte etwas Unwirkliches an sich und die weise Hand des Schicksals, die sie zu dieser Zeit zu diesem seltsamen Ort geführt hatte, wollte sie in ihrem gegenwärtigen Zustand nicht hinterfragen.

In Gedanken dankte sie dem edlen Spender, setzte sich an den Tisch und begann zu essen. Und sie hörte erst auf, als der Teller leer war. Danach gönnte sie sich noch ein kleines Glas Bier, das wieder wie durch Geisterhand auf dem Tisch erschien. Sie war so durstig, dass sie es in einem Zug leer trank. Danach bat sie um eine Tasse Tee.

Sie nahm das Tagebuch aus der Schachtel, die sie beim Eintreffen auf dem Küchentisch abgestellt hatte, die Teetasse und ging hinüber ins Wohnzimmer. Auch dort befand sich ein Schaukelstuhl. Er stand vor dem Fenster. Direkt daneben befanden sich eine Stehlampe und ein kleiner Tisch zum Abstellen von Getränken. Der ideale Platz zum Lesen. Sie stellte die Tasse auf den Tisch, setzte sich, schaltete das Licht an, blätterte wahllos eine Seite des Tagebuches auf und begann zu lesen.

X

Die Absturzstelle lag mitten in dem riesigen Waldgebiet auf einer kleinen Lichtung. Ein paar Flugminuten in östlicher Richtung, am Fuße eines der höheren Berge, lag eine kleine Ortschaft. Ich hatte sie von oben gesehen, kurz bevor wir abgestürzt waren. Zu Fuß dorthin würde es mindestens zwei, wenn nicht sogar drei Tage dauern.

Jack ging es schlecht und das Funkgerät war tot, also entschied ich mich, es zu versuchen. Zum Glück hatte ich mir angewöhnt, zu unseren Spritztouren immer ausreichend Proviant mit zu nehmen. Ich hob also den Korb von der Rückbank, stellte ihn mir auf den Schoß, öffnete den Deckel und überprüfte den Inhalt. Wir hatten noch nichts verbraucht, also war alles, was ich eingepackt hatte, noch vorhanden: zwei Thermoskannen Kaffee mit oben aufgeschraubter Tasse, zwei belegte Brote mit Schinken und Käse, zwei belegte Brote mit Salami und Käse, vier Tafeln Bitterschokolade und ein Feuerzeug.

Ich griff mir eine der Thermoskannen, das Feuerzeug, die zwei belegten Brote mit Salami und Käse und zwei Tafeln Schokolade. Das packte ich alles in die Stofftasche die ich immer für alle Fälle dabei hatte. Dann schloss ich den Reißverschluss meines Schianzuges, den ich Gott sei Dank wegen der Kälte und des Schnees heute Morgen angezogen hatte, bis zum Hals. Ich zog meine Mütze an, angelte meine Handschuhe von der Rückbank und stellte, während ich aus der Maschine kletterte, den Korb mit dem

Proviant auf den Copiloten Sitz. Nachdem ich die Leuchtpistole unter dem Sitz hervorgeholt und für Jack greifbar auf den Proviantkorb gelegt hatte, schloss ich die Tür, hängte mir die Tasche quer um und stapfte los.

Vor etwa einer Stunde hatte es wieder zu schneien begonnen, also konnte es nicht besonders kalt sein. Irgendwo hab ich mal gehört, dass es bis maximal minus fünf Grad Celsius schneit. Darunter würde es nicht schneien. Keine Ahnung, ob das stimmt, aber ich wollte es einfach glauben, denn es beruhigte mich etwas.

Ich peilte ungefähr die Spitze des Berges in der Ferne an, zu dessen Fuß die Ortschaft lag, zu der ich wollte. Ich versuchte diese Richtung so gut es ging einzuhalten, was bei den schlechten Sichtverhältnissen und den hohen Bäumen um mich herum gar nicht so einfach war.

Ich stapfte durch den kniehohen Schnee und hörte dabei nichts weiter, als meinen eigenen Atem und das heftige Klopfen meines Herzens. Und dann, nach endlos erscheinenden Stunden der Einsamkeit, als ich gerade einmal wieder bis zum Bauch in einer Schneewehe steckte, sah ich ihn zum ersten Mal.

Von weitem sah er in seinem grau-weißen Winterpelz beinahe aus wie ein Schatten. Doch der Schatten starrte mich mit seinen gelb-grauen Augen durchdringend, fast hypnotisierend an. Dann, ganz langsam, hob er das linke Hinterbein und markierte den Baum, neben dem er stand. Eine deutliche Geste.

Dies ist mein Revier!

Die ganze Zeit meines anstrengenden Fußmarsches ist mir nie in den Sinn gekommen, dass es in diesen Wäldern gefährliche Tiere geben könnte. Und nun stand er da, der Wolf, und starrte mich an, lauernd, beinahe freundlich, auf jeden Fall weder böse noch in irgendeiner Weise Angst einflößend.

X

Als Sandra kalt wurde, merkte sie, dass sie eingedöst war. Sie erhob sich aus dem Schaukelstuhl, reckte ihre steifen Glieder, schaltete das Licht aus und ging ins Schlafzimmer. Das Feuer auf der anderen Seite des Kamins verbreitete auch hier eine behagliche Wärme.

Da sie unbedingt wissen wollte, wie die Geschichte mit ihrer Tante und dem Wolf weiterging, schaltete sie die Nachttischleuchte an, kroch halb ausgezogen ins Bett und begann wieder zu lesen.

X

Er wartete in aller Ruhe ab, bis ich mich aus der Schneewehe herausgekämpft hatte und deutete mit einer Bewegung seines Kopfes an, dass er wollte, dass ich ihm folge. Möglich dass er versucht, das Futter zum Rudel zu bringen, schoss es mir durch den Kopf. Als ob er meine Gedanken gelesen hätte, hob er den Kopf und heulte. Und die Antwort des Rudels kam aus einer anderen Richtung.

Dann plötzlich sah ich zwischen zwei Baumwipfeln hindurch wieder die Spitze des Berges, zu dem ich wollte. Und mein Wolf hatte mir genau diese Richtung gewiesen.

Als die Dämmerung hereinbrach, war ich ein gutes Stück vorangekommen. Mein Freund, der Wolf, hatte alle paar Meter einen Baum markiert, so dass ich die Richtung gut einhalten konnte. Er selbst war dabei weitgehend außer Sicht geblieben.

Gerade grübelte ich darüber nach, wie viel seine Blase wohl noch hergeben würde, da stand er vor mir. Er schnaubte aus, drehte sich und zeigte mir dann eine tiefe Kuhle unter einer Baumwurzel, an deren hinterem Ende kein Schnee lag. Dort konnte ich die Nacht verbringen.

Ohne zu überlegen kroch ich hinein. Dann kam der Wolf und legte sich etwa einen Meter vor mir quer in den Höhleneingang. Somit versperrte er anderen Tieren den Weg hinein. Dummerweise versperrte er mir auf diese Weise auch den Weg nach draußen.

Ich überlegte, ob ich ihm irgendwie meinen Dank zeigen konnte. Da fielen mir die belegten Brote wieder ein. Ich holte eines davon aus der Tasche hervor, packte es aus und schob das Brotpapier in meine Jackentasche. Ich wollte hier nichts hinterlassen, was hier nicht her gehörte.

Ich brach das Brot in zwei Hälften und legte eine Hälfte vor ihm auf einen Stein. Die andere Hälfte schob ich mir zwischen die Zähne und kaute lange und gründlich, bevor ich hinunter schluckte. Der Wolf beobachtete mich genau und da ich keine Anstalten machte, die andere Brothälfte wieder an mich zu nehmen, erhob er sich, schnüffelte an dem Brot und nahm es dann vorsichtig ins Maul. Genau wie ich kaute er lange und gründlich darauf herum, bevor er es schluckte.

Ob er wohl ahnte, dass er der erste Wolf war, der Salamibrot mit Käse zu fressen bekam?

Nach einer Weile hatte ich mich an seine Nähe gewöhnt und wurde ruhiger. Und dann hörte ich sie. Zuerst hörte ich nur die Trommeln. Dann wie aus weiter Ferne diese indianischen Gesänge, wie man sie aus alten Filmen kennt.

Mit dieser Musik schlief ich ein

X

Der Wald war dunkel, obwohl der Mond wie eine blass-silberne Scheibe voll am Himmel stand. Es war kühl und roch nach Moder. Dünne Nebelschwaden schwebten Gespenstern gleich dicht über der Erde und wurden von einem Windstoß zerrissen, nur um sofort wieder neue Figuren zu bilden.

Ganz in der Nähe war das unheimliche „Uh Uh Uh" eines Nachtvogels zu hören und der rundliche Körper einer Eule schwebte lautlos durch das Gewirr von Bäumen.

Sandra erschrak, als der Luftzug einer Schwinge ihr Gesicht streifte. Sie sah sich um, als wäre sie gerade eben erst erwacht. Was war das

für ein seltsamer Ort? Wie war sie hier herge-
kommen? Eben lag sie noch in einem Bett. Und
jetzt war sie ... tja, wo war sie hier eigentlich?
Grübelnd legte sie ihre Stirn in Falten, ohne
jedoch eine Antwort zu finden. Schließlich gab sie
es auf.

Ein fremdes Geräusch ließ sie hochschrecken.
Es war das regelmäßige, knirschend-knackende
Geräusch von Schritten auf dem Waldboden. ...
Und die Schritte kamen näher. ... Sie drehte sich
lauernd dem Geräusch zu und sah im nächsten
Moment eine schemenhafte Gestalt aus den Ne-
belschwaden auftauchen.

Der junge Mann blieb einen Augenblick stehen,
erkannte sie und kam erleichtert auf sie zu. „Ich
dachte schon, du kommst nicht mehr."

Abwehrend hob sie die Hände, was ihn erneut
zum Stehenbleiben veranlasste. „Wer sind sie und
was wollen sie von mir?" Haltsuchend wich sie bis
zum nächsten Baum zurück.

„Das würde ich an deiner Stelle nicht tun",
entgegnete der junge Mann mit einem besorgten
Blick auf ihre Füße. „Du hast keine Schuhe an."

Dies wurde ihr im nächsten Augenblick
schmerzhaft bewusst, als sich etwas dünnes, sehr
spitzes in ihre Fußsohle bohrte. Sofort trat der
Mann näher und hob sie auf seine starken Arme.

„Wohin bringen sie mich?" Einem seltsam
vertrauten Gefühl folgend, legte sie wie
selbstverständlich ihren Kopf an seine Schulter,
während er sie trug.

„Die Hütte ist nicht weit von hier." Und wie zur
Bestätigung tauchte ein roter Lichtschein in der
Ferne auf, der rasch größer wurde. Der Licht-
schein drang aus der Türöffnung einer kleinen

Holzhütte, deren Tür einen spaltbreit offen stand. Der Mann schob sie mit dem Fuß ganz auf und trug Sandra hinein. Behutsam setzte er sie auf ein Bett, das in einer Ecke des Raumes stand.

Ein gemütliches Feuer loderte in einem offenen Kamin. Es roch nach Rauch.

Nachdem er sich vergewissert hatte, dass die Tür fest verschlossen war, kam er zurück und kniete vor ihr nieder. Behutsam nahm er ihren Fuß und hob ihn ein wenig an, damit er die Sohle sehen konnte.

Sandra nutzte die Gelegenheit, ihn sich genauer anzusehen. Er war gut einen Kopf größer als sie, schlank aber mit sportlich durchtrainierter Figur. Sein kurzes rotblondes Haar wies bereits einige graue Fäden auf und seine blauen Augen hatten im Schein des Kaminfeuers einen ganz merkwürdigen Glanz. Sandra sah ihn sehr genau an, kam jedoch einer Erklärung für diese merkwürdige Situation keinen Schritt näher. Dennoch erschien ihr alles irgendwie selbstverständlich, beinahe so, als wäre es immer schon so gewesen.

Es piekte kurz, dann hatte der Mann den Dorn aus ihrer Fußsohle entfernt. Mit leicht verkniffenem Gesicht griff sie unwillkürlich nach der schmerzenden Stelle und rieb sie. Als sie sich seines besorgten Blickes bewusst wurde, lächelte sie jedoch sofort wieder. „Ist schon gut. Es ist nicht so schlimm."

Er erhob sich vom Boden und setzte sich neben sie. Lange sprach keiner von beiden ein Wort. Er sah sie einfach nur an, so als könne er sich an ihrem Anblick nicht satt sehen. Sie hielt seinem forschenden Blick stand. Die Luft zwischen ihnen schien zu knistern. Natürlich war es *in Wirklichkeit nur das Feuer im Kamin, das knisterte. Doch irgendetwas war da zwischen ihnen, das sie nicht greifen konnte.*

Schließlich brach er das Schweigen. „Ich bin Brian, Brian Langley. Ich nehmen nicht an, dass du dich an mich erinnerst." Er hielt ihren Blick fest und ein zaghaftes, beinahe ängstliches Lächeln huschte für einen Augenblick über sein Gesicht.

„Sollte ich mich erinnern?" Sie sah nicht sehr überzeugt drein, schloss für einen Augenblick die Augen, als könne sie so besser nachdenken und öffnete sie sofort wieder, weil ihr davon schwindelig wurde.

„Es ist schade, dass wir immer so viel Zeit mit Erklärungen verschwenden müssen. ... Die letzten beiden Male hattest du mich auch vergessen. Aber ich gebe die Hoffnung nicht auf... Was immer mit dir passiert, muss wohl so langsam besser werden. Denn heute hast du zum ersten Mal gesprochen."

„Ich war also schon zwei, nein drei Mal hier ... ist das richtig?"

Brian nickte bestätigend. „Das ist richtig. Ich fand dich draußen im Wald nachdem ... Mir fiel nichts Besseres ein, also brachte ich dich hierher. Doch jedes Mal, wenn ich zurückkam, warst du wieder verschwunden."

„Ich erinnere mich nicht, weggegangen zu sein. Allerdings erinnere ich mich auch nicht, jemals hier gewesen zu sein." Sie legte die Stirn in Falten. „Wo bist du denn hingegangen... Und warum hast du mich nicht mitgenommen?"

Bestürzt sah er sie an. Offensichtlich wusste sie wirklich nicht, was vor sich ging. „Dies hier ist eine Art Traumwelt. ... Meine Traumwelt."

„Du meinst ... das hier ist nicht ... wirklich?" Ihr Blick glitt in weite Ferne zu einem Punkt jenseits der Zeit. Brian erschien es, als versuche sie, aus seinem Traum hinauszuschauen, was ihr natürlich nicht gelang.

„Irgend so ein Typ hat mal gesagt 'ich denke, also bin ich'. Und hier in meinem Traum kann ich geschehen lassen, was immer ich will. Ich muss es einfach nur denken." Sein Blick versuchte zaghaft, den ihren einzufangen. „... Das einzige, was ich nicht mit meinen Gedanken beeinflussen kann, bist du." Er griff nach ihrer Hand, die reglos in ihrem Schoß lag. „ ... Also ist es möglich ... na ja, dass du genauso wirklich bist, wie ich. Nur diese Umgebung ist es nicht."

„Aber, wie komme ich ausgerechnet in deinen Traum? Warum habe ich nicht meinen eigenen? Und warum kann ich mich nicht daran erinnern, dass ich nur träume? Für mich ist das hier real. ... Da ist nichts Anderes." Verzweifelt ballte sie die Fäuste.

Behutsam nahm Brian ihre Hände und öffnete sie wieder. „Ich habe da möglicherweise eine Idee. Ich meine, es ist nur eine Vermutung. Also. Ich träume noch nicht sehr lange von diesem Ort hier. Erst seit..."

„Erst seit wann."

„Erst. Na ja, weißt du, ich bin Schauspieler. Und ich bin sehr krank. ... Leukämie. ... Ich war kürzlich zu Außenaufnahmen in Colorado, irgendwo in den Bergen. Ich musste da rennen und einen Berg rauf klettern. Es war ziemlich anstrengend, obwohl ich Hilfe hatte. Es hat mich so geschwächt, dass ich einen Kreislaufkollaps erlitt. Es war so schlimm, dass sogar mein Herzschlag

und meine Atmung für kurze Zeit aussetzten. Es gelang meinen Kollegen zwar, mich innerhalb von zwei Minuten wiederzubeleben. Doch in diesem kurzen Augenblick war ich das erste Mal hier. Und seitdem kehrt mein ... Geist ... wenn du so willst, jedes Mal im Schlaf an diesen Ort zurück. ... Wäre doch möglich, dass mit dir etwas Ähnliches passiert ist."

„Zumindest klingt es logisch", antwortete Sandra geistesabwesend, während ihre Augen einen Punkt weit entfernt zwischen Raum und Zeit festzuhalten versuchten. „Möglicherweise bin ich auch schon tot und habe es nur noch nicht gemerkt."

Unvermittelt sah sie ihm direkt in die Augen. „Irgendwie hört sich das alles an, als ob du dich schon damit abgefunden hättest, dass du sterben wirst. ... Ist das so?"

„Schon möglich", jetzt war es Brian, der mit den Augen einen Punkt irgendwo im Universum suchte. „Seit meiner Scheidung von Miranda, ist mir irgendwie alles egal. Das hat mich damals fast den letzten Rest meiner Kraft gekostet."

„Hast du sie sehr geliebt?"

Brian schnaubte laut. „Geliebt? Dieses Biest? ... Nein. ... Ich bin froh, dass ich sie endlich los bin. Sie hat mir die letzten Jahre das Leben zur Hölle gemacht. Ständig war da nur das, was sie wollte. ... Nie war sie da, wenn ich sie mal brauchte. ... Diese Krankheit hat mir schließlich die Augen geöffnet. Ich hab sie rausgeschmissen und die Scheidung eingereicht. Und seitdem versuche ich die Zeit, die mir noch bleibt, so gut ich kann zu nutzen. Aber es ist nicht leicht. ... Da ist so vieles, das ich noch tun wollte."

Sandra, einer plötzlichen Gemütsregung folgend, legte ihre Arme um seine Schultern und zog Brian zu sich heran. Erschöpft ließ er seinen Kopf an ihre Schulter sinken und ein gequältes Seufzen entrang sich ungewollt seiner Kehle.

„Komm", Sandra zog mit einer Drehung Brian ganz auf das Bett, so dass er in ihrem Arm zu liegen kam. „Ruh dich aus. ... Ich werde nicht wieder weggehen. ... Ich verspreche es." Behutsam streichelte sie mit ihrer freien Hand über Brians Haarschopf und seine Wange. Und dem beruhigenden Rhythmus ihres Herzschlages folgend, sank er immer tiefer in die Nebelschwaden, die bereits seinen Geist umgaben, bis er schließlich eingeschlafen war.

X

Licht flutete in das Zimmer, als die Krankenschwester die Gardinen zur Seite schob. Brian blinzelte träge. Es dauerte eine ganze Weile, bis er wieder klar denken konnte. Tief zog er die kühle Morgenluft in seine Lungen, die durch das halboffene Fenster hereinströmte. Auf der äußeren Fensterbank hatte sich über Nacht eine beachtliche Menge Schnee aufgetürmt.

Gelassen ließ Brian die allmorgendliche Prozedur über sich ergehen, Puls zählen, Blutdruck und Fieber messen.

„Es geht ihnen offenbar wieder besser. Sie haben kein Fieber mehr und der Blutdruck ist auch wieder normal." Zufrieden lächelnd übertrug die Schwester die Daten in das

Krankenblatt, bevor sie das Fenster wieder schloss.

„Ich habe zum ersten Mal seit langem wieder richtig gut geschlafen. ... Was war das für ein Zeug, das sie mir gestern gegeben haben?"

„Sie werden lachen, das war Baldrian."

„Baldrian?"

„Ganz recht. Der Chefarzt dieses Sanatoriums lehnt Chemie in jeder Form ab, soweit sie sich vermeiden lässt. Er schwört auf Naturprodukte und ist ein leidenschaftlicher Verfechter der Naturheilkunde überhaupt. So ein richtiger Medizinmann eben."

„Ein Kräuterdoktor also."

Die Schwester musste lauthals loslachen. „Tja, so könnte man auch sagen. Aber solange es hilft, spricht ja nichts dagegen. ... Unser tägliches Leben heutzutage ist so vollgestopft mit Chemie, dass sie oftmals in der Medizin gar nicht mehr hilft. Oder anders herum gesagt ist es oftmals die Chemie in unserem täglichen Leben, die uns krank macht. Was liegt da näher, als auf die Natur zurückzugreifen."

„Das haben sie schön gesagt." Die Schwester zuckte erschrocken zusammen und drehte sich zu der wohlklingenden, tiefen Stimme hinter ihrem Rücken um. Auch Brian sah zur Tür. Dort stand ein Mann in einem weißen Kittel. Er war etwa einsachzig groß mit sportlich durchtrainierter Figur. Das auffallendste an ihm waren seine eindeutig indianischen Gesichtszüge und seine langen, pechschwarzen Haare, die er über dem Kragen seines Kittels zu einem Zopf gebunden hatte. Er schien irgendwie alterslos zu sein und strahlte trotz des warmen, freundlichen Lächelns auf seinem Gesicht eine gehörige Portion Autorität aus. Das Namensschild auf seiner linken Brustseite wies ihn als Dr. Carter aus, den Leiter dieses Sanatoriums.

Dr. Carter ließ sich von der Schwester das Krankenblatt aushändigen und studierte es eingehend. „Wie ich sehe, geht es ihnen wieder besser. Das freut mich, Mister Langley."

„Ja. Baldrian. ... Wer hätte das gedacht."

„T ja, jeder Arzt hat so seine Methoden. ... Haben sie immer noch diese Alpträume?" Väterlich lächelnd ruhte sein Blick auf Brian.

„Ich weiß nicht, ob man es als Alptraum bezeichnen sollte, wenn man im Traum einer wunderschönen Frau begegnet."

„Das kommt ganz darauf an, was diese Frau mit ihnen macht, würde ich sagen." Dr. Carter sah schmunzelnd auf Brian hinunter. Der ließ seinen Blick aus dem Fenster schweifen. Das kalte, klare Licht der Morgensonne hob alle Konturen deutlich voneinander ab, so dass die Landschaft beinahe aussah, wie eine Fotografie, die jemand vors Fenster gestellt hatte.

„Ich kenne noch nicht mal ihren Namen."

X

Eine Stunde später wurde Sandra von einem lauten Poltern auf der Veranda geweckt. Sie sah sich zuerst verwirrt um. Das Tagebuch war in der Nacht vom Bett gefallen. Es lag aufgeschlagen auf den Pantoffeln, die mit den Spitzen unter der Bettkante hervorlugten. An einem Haken auf der Innenseite der Schlafzimmertür hing ein alter Morgenrock. Sandra kroch aus dem Bett, schlüpfte in die Pantoffeln und den Morgenrock. Beides passte wie maßgeschneidert.

Sie ging den Flur entlang und öffnete die Tür. Vor ihr stand Sheriff Trent. Er hätte sich auch selbst hereinlassen können, hatte jedoch höflich vor der Tür gewartet. Als er sah, dass Sandra offenbar wohlauf war, lächelte er erleichtert und schmetterte ihr ein freundliches „Guten Morgen" entgegen.

„Guten Morgen, Sheriff", antwortete Sandra. Ihr Blick fiel auf einen Mann, der mit dem Rücken zu ihr stand und den Garten zu bewundern schien. Sein langes, pechschwarzes Haar war über dem Kragen zu einem Zopf gebunden.

Trent bemerkte ihren Blick und machte mit der linken Hand eine ausladende Bewegung Richtung des Fremden. „Darf ich vorstellen? Doktor Carter. Er ist Leiter einer Kurklinik ein paar Orte weiter und, da er hier wohnt, unser örtlicher Medizinmann."

Doktor Carter drehte sich um und sah Sandra freundlich und aufmerksam an. „Der Sheriff hielt es für eine gute Idee, wenn ich Sie mir mal genauer ansehe." Er reichte

Sandra die Hand und drückte sie, wobei ihm gleich die blauen Flecken um ihr Handgelenk auffielen; Flecken, die wie Handabdrücke aussahen. Irgendjemand musste sie mit Gewalt an dieser Stelle festgehalten haben. Sofort nahm er ihre andere Hand und sah auch an diesem Handgelenk die gleichen verräterischen Spuren. Er nickte ihr zu. „Es ist besser, wir gehen hinein."

Während Doktor Carter Sandra im Schlafzimmer genauer untersuchte, wartete Sheriff Trent in der Küche auf ihn, in der Hand einen Pott Kaffee, den das Haus ihm freundlicherweise spendiert hatte.

Nach etwa einer viertel Stunde kam Carter zu ihm in die Küche. In der Hand trug er eine Plastiktüte in die er Sandras Kleidung gestopft hatte. Auf Trents fragenden Blick antwortete er, „das soll sich das Labor mal genauer ansehen. Die Spuren deuten auf eine versuchte Vergewaltigung hin. ... Außerdem sind da noch Spuren die aussehen, als wäre sie in voller Fahrt aus einem Auto oder anderen Fahrzeug gefallen ... oder gestoßen worden."

Trent hatte aufgrund der Fotos auf seinem Handy bereits etwas in der Art vermutet.

Mit grimmigem Unterton in der Stimme fügte Carter hinzu, „Es könnte aufgrund der Würgemale an ihrem Hals auch durchaus ein Mordversuch gewesen sein. ... Auf jeden Fall war es eine gute Idee von Lloyd, sie hier unterzubringen. Hier ist sie erstmal sicher. ... Und du solltest Augen und Ohren offenhalten. ... Wenn es ein Mordversuch war, dann kommt Derjenige vielleicht her um nachzusehen, ob sie wirklich tot ist." „Also pass gut auf."

Trent war sicher, dass der letzte Satz nicht an ihn, sondern eher an das Haus gerichtet war. „und ihr Gedächtnisverlust? Ist der eine Folge des Angriffs, oder eher psychosomatisch?"

Carter schüttelte den Kopf. „Das Eine schließt das Andere nicht aus, aber genaues kann ich jetzt noch nicht sagen. ... Wenn es eine direkte Folge des Angriffs ist, müsste in wenigen Stunden oder Tagen die Erinnerung zurückkommen. ... Und wenn nicht ...", er sah durch das Fenster nach draußen, „ nun ... dann wird es auf jeden Fall viel schwieriger, ihre Erinnerung zurück zu erlangen. ... Und es besteht die Möglichkeit, dass ihre Vergangenheit für immer verschüttet bleibt. ... Ach übrigens. ... Sie hat einen frischen Allergietest auf dem Rücken. ... Das ist ein Merkmal, das dir bei der Identifikation eventuell helfen könnte."

„Ist gut."

In diesem Augenblick kam Sandra um die Ecke. Sie trug jetzt ein Hauskleid, das sie im Schlafzimmerschrank gefunden hatte. Trent glaubte für einen Moment, die alte Sissy zu sehen, schob diesen Gedanken aber schnell beiseite und nickte Sandra freundlich zu.

Sobald sie am Küchentisch stand, war dieser wie von Zauberhand für ein Frühstück gedeckt. Carter reichte ihr die Hand. „Ich muss wieder zurück zu meinen Patienten. ... Hier ist meine Nummer," er legte eine Visitenkarte neben ihren Teller, „Sie können mich jederzeit anrufen." Und als sie ihn fragend ansah, „das Telefon steht im Wohnzimmer."

Plötzlich fiel es Sandra wieder ein. „Ja richtig. Neben dem Computer." Sie lächelte erleichtert, denn auch für den Sheriff und den Doktor schien es selbstverständlich zu sein, dass da plötzlich etwas zu essen auf den Tisch gezaubert stand. Natürlich konnte es auch sein, dass sie das gar nicht sehen konnten. Dieser Gedanke zauberte eine kleine dunkle Sorgenwolke über ihr Lächeln.

Carter verstand sofort. „Wollen sie nicht anfangen? ... Wäre schade, wenn der Kaffee kalt wird." Er nickte ihr zu und ging hinaus auf die Veranda. Dort wartete er geduldig, während Trent Sandra noch eindringlich bat, vorerst nicht das Haus zu verlassen. „Sie kennen sich hier nicht aus. Und ich möchte nicht, dass sie sich verlaufen. Das wäre bei dem Wetter fatal."

„Machen sie sich keine Sorgen Sheriff. Ich werde nicht weggehen. Ich fühle mich wohl und sicher hier. ... Es wäre nur schön, wenn ab und zu mal jemand vorbei kommt."

X

Nach dem Frühstück ging Sandra hinüber ins Wohnzimmer und schaltete den Fernseher ein. Sie sah sich die Nachrichten und den Wetterbericht an. Danach lief eine Seifenoper. Doch die war Sandra zu theatralisch, also schaltete sie das Gerät wieder aus. Sie holte sich das Tagebuch aus dem Schlafzimmer, machte es sich mit einer Decke auf der Couch gemütlich und begann wieder zu lesen.

X

Am nächsten Morgen war der Wolf verschwunden. Ich kroch aus dem Erdloch heraus und stieß mit der Nase beinahe direkt gegen seine Schnauze.

Er gab mir sofort den Weg frei. Als ich aufstand und mich bereit machte, weiter zu gehen, trippelte er wie unentschlossen von einem Vorderbein auf das Andere. Er konnte oder wollte mich nicht weiter begleiten. Vermutlich würden wir in die Nähe anderer Menschen kommen, wo er auf keinen Fall hin wollte. Er lief kurz voraus um mir so den Weg zu zeigen und dann erschien plötzlich diese Indianerin.

Sie schien noch jung, etwa zwanzig oder höchstens fünfundzwanzig. Sie war in Felle gehüllt und seltsamerweise schienen ihre Füße keine Spuren im Schnee zu hinterlassen. Der Wolf gab mir zu verstehen, dass ich der Frau folgen sollte, dann verschwand er im Wald.

Die Indianerin redete auf mich ein und, obwohl ich sie nicht verstand, fühle ich mich in ihrer Nähe wohl und sicher. Sie begleitete mich den ganzen Tag. Und am Abend wies sie mir eine Lichtung, an deren Rand ein großer knorriger Baum mit weit ausladenden Ästen stand. Ein Teil des Stammes schien abgestorben zu sein und bildete eine Höhle. Ich konnte hinein und im Inneren etwas nach oben kriechen. Dort fand ich einen Platz, auf dem ich bequem sitzen und so die Nacht verbringen konnte. Und dann hörte ich plötzlich mehrere Stimmen.

Ich kroch wieder hinaus und sah wie Nebelschwaden die Zelte einer Indianerfamilie, ein Lagerfeuer, mit ein paar Erwachsenen darum herum und ein paar Kinder, die spielend um das Feuer liefen.

Ich verstand. Hier war ein guter Platz, ein Haus zu bauen und eine Familie zu gründen. Ich nickte ihr zu und kletterte wieder in den Baum hinein. Ich verputzte das zweite Brot und packte auch dieses Mal das Papier wieder zurück in meine Jackentasche.

Auch dieses Mal hörte ich wieder die Trommeln und Gesänge. Es wirkte beruhigend auf mich. Ich hatte das Gefühl, als gehörte ich zu ihnen. ... Als gehöre ich genau an diesen Ort. So, als wäre ich eine von den Frauen, die um das Feuer saßen und ihren Kindern beim Spielen zusahen.

X

Sandra war wieder in diesem Traum. Sie konnte sich immer noch nicht erinnern, was mit ihr geschehen war. Daher war sie dazu übergegangen, ihre Umgebung zu erkunden.

Die Hütte gab nicht viel her. Sie bestand aus nur einem Raum, der annähernd quadratisch war. Der Boden schien aus gestampftem Lehm zu bestehen und war mit Sägespänen bedeckt. Der Raum hatte zwei Fenster. Eines befand sich an derselben Wand wie die Tür, das andere befand sich in der Wand links vom Eingang, genau gegenüber dem Kamin. In der Ecke links neben dem Kamin stand das Bett. In der Ecke rechts vom Kamin befand sich ein alter Schrank, in dem sowohl Kleidungsstücke, als auch Geschirr zu finden waren. Daneben lehnte eine alte doppelläufige Schrotflinte. Genau in der Mitte des Raumes stand ein Holztisch mit drei Stühlen.

Nachdem Sandra noch ein paar Holzscheite auf das Feuer gelegt hatte, zog sie die Kleidungsstücke an, die sie im Schrank gefunden hatte. Sie passten. Als sie die Tür öffnete, überkam sie ein mulmiges Gefühl. Sie wandte sich um und griff *nach dem Gewehr. Wie man damit umgeht wusste sie nicht, hoffte jedoch inständig, es möge geladen sein.*

So bewaffnet fühlte sie sich etwas sicherer und verließ mit zaghaften Schritten die Hütte.

Draußen rührte und regte sich nichts. Alles war totenstill. Sogar der Wind schien zu schlafen. Auch ihre Schritte auf dem Waldboden hörten sich irgendwie merkwürdig an, beinahe so, als wäre das Geräusch durch Watte gefiltert.

Sandra ging ein paar Schritte und stellte erschrocken fest, dass das Licht von der Hütte her mit jedem Schritt, den sie sich entfernte, stärker abnahm, als es das normalerweise tun dürfte. Es ergab irgendwie keinen rechten Sinn. Und als Sandra sich nach zwei weiteren Schritten zur Hütte umdrehte, war diese ganz und gar verschwunden.

Langsam drehte Sandra sich einmal um die eigene Achse, wobei sie lauernd ihre Umgebung beobachtete.

Nichts.

Der Wald schien undurchdringlich zu sein. Äußerst vorsichtig setzte sie danach einen Schritt in die Richtung, aus der sie eben gekommen war. Unvermittelt war der schwache Lichtschein wieder da. Nach einem weiteren Schritt konnte sie auch wieder deutlich die Umrisse der Hütte erkennen.

Ihr Verstand arbeitete mit einem Mal messerscharf. Sie bewegte sich prüfend wieder einen Schritt rückwärts und registrierte diesmal aufmerksam, wie die Umrisse der Hütte zu verschwinden begannen. Mit gespreizten Beinen blieb sie stehen und wiegte ihren Körper vor und zurück. Das Bild von der Hütte, das sie wahr-

nahm, war einmal klar und deutlich, einmal nebulös bis nicht mehr vorhanden. Sie folgerte daraus, dass sie sich nicht weiter von der Hütte entfernen durfte, da sie diese sonst nicht wiederfinden würde.

Ob das daran lag, dass dies eigentlich Brians Traum war, vermochte sie zu diesem Zeitpunkt nicht zu sagen. Sie nahm sich jedoch vor, diesen Test mit Brian gemeinsam nochmals durchzuführen.

Auf dem Weg zurück zur Hütte zählte sie die Schritte. Es waren genau dreizehn. Nachdem sie denselben Test noch in zwei weiteren Richtungen ausgeführt hatte und jedes Mal zu demselben Ergebnis gelangt war, ging sie zur Hütte zurück und schloss hinter sich die Tür. Der Wald dort draußen würde ihr ohne Brian keines seiner Geheimnisse preisgeben. Und sie fragte sich, ob er es mit Brian tun würde.

X

Sandra wachte auf, weil sie plötzlich niesen musste. Und diesmal erinnerte sie sich sogar daran dass sie geträumt hatte, und auch **was** sie geträumt hatte.

Noch etwas schläfrig wanderte ihr Blick die Wand hinauf und blieb an einem Objekt hängen, das dort, genau mittig über der Couch an der Wand angebracht war. Dieses Objekt fing ihre ganze Aufmerksamkeit ein. Sie stand auf und ging einen Schritt von der Couch weg, um es sich genau ansehen zu können. Es war eine alte, doppelläufige

Schrotflinte. Irgendwo hatte sie die schon einmal gesehen. ... Sicherlich. Sie hatte bereits gestern in diesem Raum gesessen und ganz bestimmt auch einen Blick auf dieses Gewehr geworfen. Doch das war es nicht. ... Sie kannte es von irgendwo anders.

Da sie nicht darauf kam, woher sie das Gewehr kannte, und bemerkte, dass sie Hunger hatte, beschloss sie, das erst mal auf sich beruhen zu lassen und ging in die Küche. Wie erwartet, stand ein Teller auf dem Tisch, gefüllt mit einer Art Gemüseeintopf und Fleischstücken darin. Ein paar Scheiben dunkles Brot und Besteck lagen daneben. Und auch diesmal erschien zusätzlich ein Glas Bier. Diesmal jedoch war es dunkel. Sandra probierte einen Schluck und stellte fest, dass es Malzbier war. Das Haus hatte wohl entschieden, dass sie keinen Alkohol trinken sollte. Sie beschloss, das nicht weiter zu hinterfragen. Diesmal sagte sie ihr „Danke" an das Haus laut. Es wurde Zeit, dass sie endlich anfing, mit diesem Wesen, was immer es auch war, dass hier in diesem Haus wirkte, in eine tiefere Interaktion einzutreten. Sie nahm sich vor, nach dem Essen in die Bibliothek zu gehen, und diesen flüsternden Stimmen nachzuforschen, die sie bei ihrem Eintreffen dort gehört hatte.

X

Die Bibliothek war tatsächlich der größte Raum im Haus. Auch hier schien in der Zwischenzeit jemand Staub gewischt und aufgeräumt zu haben. Alle Bücher standen ordentlich aufgereiht in den Regalen. Sandra ging zum Fenster, um frische Luft herein zu lassen. Dabei sah sie einen Schneehasen, der in seinem weißen Winterpelz durch den Garten huschte. Der traumähnliche Eindruck vom Vortag mit all den Insekten in der Luft, den Vögel und kleinen Tieren in den Büschen war inzwischen einer verzaubert aussehenden Winterlandschaft wie aus einem Bilderbuch gewichen.

Plötzlich sah sie ihn. Zuerst war es nur wie ein grauer Schatten am nahen Waldrand. Doch dann bemerkte Sandra die gelblich leuchtenden Augen, die sie ruhig und forschend anstarrten. Erschreckt rieb sie sich die Augen. Dann sah sie noch einmal genauer zu der Stelle. Doch der Wolf war verschwunden.

Während sie das Fenster wieder schloss, überkam sie plötzlich die Lust, selber etwas zu schreiben. Da sie zunächst noch keine Idee hatte, was sie schreiben sollte, ging sie zum nächstgelegenen Bücherregal. Sie ging mit geschlossenen Augen daran entlang, strich mit der Hand leicht über die Bücher, wie ein Kind, das beim Spielen mit der Hand an einem Lattenzaun entlang streicht, und lauschte dabei nach dem Flüstern, das sie bereits Tags zuvor gehört hatte.

Als sie nichts hören konnte wechselte sie zum nächsten Regal, neigte den Kopf leicht zur Seite und wiederholte die Prozedur. Als sie beim dritten Regal angelangt war, dem Regal, das dem Schreibtisch am nächsten stand, hörte sie etwas. Zuerst war es nur ein leichtes Wispern. Doch es wurde lauter, je mehr sie sich dem Schreibtisch näherte. Und als sie am vorderen Drittel angekommen war, konnte sie die Worte deutlich hören.

Es war wie eine Offenbarung und traf sie wie ein Schlag. Sie ließ sich auf den Stuhl sinken, der hinter dem Schreibtisch stand, und auf einmal war es, als würden die Geschichten lebendig, fast so als erzählten sie sich selbst. Sandra musste ein Buch gar nicht selbst lesen. Das Buch las sich ihr vor. Und plötzlich war alles ganz einfach. Sie legte ihre Hände auf die Tasten der alten Schreibmaschine, schloss ihre Augen und ließ die Geschichte einfach aus sich heraus fließen. Und genau so, wie sich die Worte in ihren Gedanken zu Sätzen formten, so erschienen die Sätze auf dem Blatt Papier, das eingespannt in der alten Schreibmaschine steckte.

X

Sandra lag angezogen auf dem Bett, die Arme hinter dem Kopf verschränkt und wartete. Nach einer zur Ewigkeit ausgedehnten Weile verrieten ihr die Geräusche, die von draußen zu ihr hereindrangen, dass sie nicht mehr allein in diesem Traum war.

Es raschelte laut, als würden hundert kleiner Füße den Waldboden aufwirbeln. In das Rascheln mischten sich hechelnde Laute, die mal näher kamen und sich dann wieder entfernten. Und dann begann ein mehrstimmiges Geheul, dass einem das Blut in den Adern gefror. ... Wölfe. ... Es klang beinahe so, als jagten sie etwas, oder ... JEMANDEN.

Wie von tausend Furien gehetzt, sprang Sandra vom Bett hoch. Sie klemmte sich das Gewehr unter den Arm und öffnete entschlossen die Tür.

X

Brian rannte um sein Leben. Sein Atem ging stoßweise und produzierte dicke, weiße Dampfwolken vor seinem Mund. Gerade erst war er in diesen Traum hineingesunken, da waren sie bereits hinter ihm her. Er lief kreuz und quer, in der Hoffnung seine Verfolger abschütteln zu können, und konnte in seiner Panik die Hütte nicht finden.

„Aufwachen. ... Ich muss aufwachen", hämmerte es in seinem Hirn.

Doch er wachte nicht auf.

Schon spürte er den warmen, stinkenden Atem seiner Verfolger in seinem Nacken, da bellte ein Schuss in unmittelbarer Nähe.

Brian warf sich herum und prallte mit dem Rücken gegen einen Baum. Er sah gerade noch, wie einer der Wölfe, der gerade zum Sprung angesetzt hatte, durch den Schuss von den Pfoten gerissen wurde. Augenblicklich fielen seine

Kampfgefährten über ihn her. Sie schienen Brian fürs erste vergessen zu haben.

Das waren keine echten Wölfe.

Sandra wusste, dass Wölfe sehr soziale und im Zweifelsfall eher zurückhaltende Tiere waren. Diese Tiere waren fast nackt, hässlich und bösartig, wie Hunde aus der Hölle.

Keuchend stützte sich Brian auf seine Oberschenkel, um wieder zu Atem zu kommen. Als er sich wieder aufrichtete, sah er Sandra, die im fahlen Mondlicht dastand und ihn über den Lauf des Gewehres hinweg, das sie immer noch im Anschlag hielt, mit schreckgeweiteten Augen ansah. Ihr Brustkorb hob und senkte sich heftig und sie zitterte am ganzen Körper.

Die Wölfe waren mit einem Mal verschwunden. Brian ging mit unsicheren Schritten auf Sandra zu. Er nahm das Gewehr am Lauf und zog es ihr behutsam aus den Händen.

Wie eine willenlose Puppe ließ sie die Arme sinken und starrte auf die Stelle, wo eben noch der Wolf, oder was immer das für ein Tier war, gelegen hatte.

Brian umfasste mit seiner freien Hand Sandras Nacken, zog sie zu sich heran und drückte sie an sich. Erschöpft und erleichtert zugleich vergrub er sein Gesicht in ihren Haaren. Es roch leicht nach Pfefferminze. Er atmete tief ein und beruhigte sich langsam wieder.

Später in der Hütte saßen sie einander am Tisch gegenüber. „Kommen in deinem Traum öfter diese Fiehcher vor? Ich meine, ... wenn die hier immer so überfallartig auftauchen, sollte ich das wissen." Sandra sah ihn ruhig an. Sie sah dabei aus, als hätte sie gerade in einem Lokal ein Steak mit Salat bestellt. Nichts an ihr deutete auf das hin, was sie beide gerade erlebt hatten.

„Seit dieser Krankheit werde ich sehr oft von Wölfen gejagt. ... oder was immer das für Tiere sind. ... Sie kommen immer, wenn ich sie am wenigsten erwarte." Brian war jetzt ebenfalls ruhig und gefasst.

„Haben sie dich schon mal erwischt?" Sandra hatte diese Frage in sachlichem, beinahe geschäftsmäßigem Tonfall gestellt.

„Schon oft."

„Und was ist passiert?"

Brian hatte den Eindruck, als würde Sandra sich im Geiste Notizen machen. „Meistens bin ich schweißgebadet aufgewacht, bevor sie mich töten konnten."

„Warum rennst du jedes Mal wieder weg? ... schon mal versucht einfach stehen zu bleiben und zu sehen was wirklich passiert?"

„Nein".

„Und hast du schon mal versucht, irgendwas gegen sie zu unternehmen?" Sandra blickte grübelnd vor sich hin. Sie schien in Gedanken wirklich bereits mit der Lösung dieses Problems beschäftigt zu sein.

„Sag mal, soll das hier ein Verhör werden?" Brian sah Sandra leicht irritiert an. Irgendwie wurde sie ihm unheimlich.

„Ich versuche nur, dir zu helfen. Denn schließlich betrifft es auch mich, wenn diese Fiehcher hier herumschleichen. ... Offenbar muss ich hier nämlich etwas mehr Zeit verbringen, als du."

„Tut mir leid, war nicht so gemeint. Es ist nur so ... Ich rede nicht gern drüber. Das ist alles."

„Es macht dir Angst, richtig?" Beinahe zärtlich legte Sandra ihre Hände auf seine. „Es ist keine Schande, Angst zu haben. Die Frage ist nur, wie gehst du damit um. ... Wenn du zulässt, dass die Angst dich beherrscht, hast du schon verloren."

„Ich habe keine Ahnung, was ich tun sollte, ob ich überhaupt etwas tun kann." Erschöpft ließ er den Kopf sinken.

„Hast du schon mal versucht, sie wegzudenken? Ich meine ... Du hast doch gesagt, du kannst hier alles mit deinen Gedanken beeinflussen."

„Ja, hab ich. ... Es hat nicht lange gedauert, da waren sie wieder da." Brian starrte ins Leere. „Ich habe sogar schon versucht, mich woanders hin zu denken. Doch diese Biester verfolgen mich überall hin."

„Wenigstens hast du dich noch nicht aufgegeben. Das ist doch schon mal was." Plötzlich hellte sich Sandras Mine auf. „Ich hab's." Sie drückte Brians Hände so fest, dass es begann wehzutun.

„Was? ... Sag schon. ... Was ist es."

„Du hast doch gesagt, das mit den Wölfen fing an, als du krank wurdest."

„Ja! ... und?" Brian sah sie verständnislos an.

„Also, das klingt jetzt möglicherweise etwas weit hergeholt. ... Aber ich denke, diese Wölfe sind nur so eine Art Metapher für deine Krankheit. Und dein Körper bietet dir mit dieser Metapher die Möglichkeit, etwas dagegen zu unternehmen, sie zu bekämpfen. ... Du müsstest nur herausfinden wie."

„Und was denkst du, soll ich tun? Denn mir fällt wirklich nichts mehr ein, was ich nicht schon versucht hätte."

„Wie wär's, wenn wir noch ein paar von denen erschießen. Und wenn sie dann das nächste Mal kommen, versuchen wir herauszufinden wie viele es noch sind. ... Wenn sie weniger werden, haben wir, denke ich, die Lösung gefunden. ... Was denkst du?"

„Warum nicht? ... Versuchen können wir's".

„Dann solltest du uns aber ein paar bessere Waffen herbeidenken.. ... Mit diesem alten Gewehr allein schaffen wir das nicht. ... Ich wäre zu lange mit Nachladen beschäftigt."

„Wieso du?"

„Na ja ... Du wirst ja in diesen Augenblicken wahrscheinlich mit Weglaufen beschäftigt sein", erwiderte Sandra trocken.

Dem konnte Brian nichts entgegensetzen. Also dachte er sich zwei modernere Handfeuerwaffen mit Ersatzmagazinen, damit man nicht dauernd nachladen musste. Er kannte diese Waffen aus einigen seiner Filme und zeigte Sandra, wie man sie benutzt.

X

Als Sandra aus einem wirren Traum erwachte, war es vor dem Fenster bereits dunkel. Sie lag unbequem über die Schreibmaschine gebeugt, so dass einige der Tasten Abdrücke auf ihrer linken Wange hinterlassen hatten. Neben der Schreibmaschine lag ein unordentlich verstreuter Haufen dicht

beschriebener   Schreibmaschinenseiten.
Sandra griff sich ein Blatt und überflogen es.
Augenscheinlich   hatte   die   wundersame
Schreibmaschine ihren ganzen Traum mit-
getippt. Sie fühlte sich erschöpft und ausge-
laugt. Sie stemmte sich mühsam hoch und
schlurfte zur Küche. Es gab eine heiße
Suppe. Gemüsecreme, mutmaßte Sandra
nach einer kurzen Geschmacksprobe. Gierig
löffelte sie den Teller leer, dankte dem Haus
für das Essen, stand auf und schlurfte müde
hinter zum Schlafzimmer.

Sie ließ sich wie ein Stein auf das Bett
fallen, rollte sich zusammen, zog die Decke
über sich und begann langsam weg zu däm-
mern. Vor ihrem geistigen Auge stand ihr
Wolf am Waldrand, im Schatten eines Ge-
büsches und beobachtete sie. Und seltsamerweise fühlte sie sich sicher und ge-
borgen durch seine bloße Anwesenheit.

Plötzlich kam ihr eine Idee. Sie stand auf,
ging hinüber ins Wohnzimmer und holte sich
das Tagebuch, das noch auf der Couch lag.
Auf dem Weg zurück ins Schlafzimmer ging
sie an der Küche vorbei und bat das Haus
noch um einen heißen Tee. Mit Tasse und
Buch kam sie zurück ins Schlafzimmer. Als
sie durch die Tür trat, fiel ihr Blick auf das
Fenster. Nicht weit hinter der Scheibe sah sie
zwei gelblich leuchtende Augen, die zu ihr
herein blickten.

Sandra stellte die Tasse auf den Nachttisch und legte das Buch daneben. Dann ging
sie langsam zum Fenster. Sie wollte den Wolf

nicht erschrecken. Sie legte ihre Stirn an die kühlende Scheibe und hob ihre Rechte Hand, als wollte sie winken. Dann legte sie ihre Hand ebenfalls auf das Glas, so als könnte sie dadurch eine Art Kontakt herstellen. Der Wolf stand einfach nur da und beobachtete sie dabei. Im fahlen Mondlicht sah er in seinem Winterpelz sehr majestätisch aus. Und es schien Sandra als würde er lächeln.

Eine ganze Weile standen beide einfach nur so da und sahen einander an. Dann schien es, als hätte der Wolf entschieden, dass er genug gesehen hatte, denn er neigte den Kopf zum Boden und lief, ohne sich noch einmal umzudrehen zurück in den Wald.

Wieder im Bett nippte Sandra an ihrer Teetasse, dann schlug sie das Tagebuch etwas weiter hinten auf und begann wieder zu lesen.

X

Der Winter schien endlos. Der Schnee wollte lange Zeit nicht weichen. In mir wuchs die Furcht, ich würde die Stelle nicht wieder finden. Doch diese Furcht war unbegründet, wie ich ein paar Tage später feststellen durfte. Mit schlafwandlerischer Sicherheit lotste ich Jack genau zu dem Baum, in dem ich meine letzte Nacht in der Wildnis verbracht hatte.

Ich erzählte ihm von den Zelten und dem Lagerfeuer das ich gesehen hatte und von meiner Idee, hier ein Haus zu bauen. Jack meinte zwar, es gäbe bestimmt etliche Vorschriften die das verbieten würden. Doch so ganz abgeneigt war er nicht. Schließlich hatte er diesen merkwürdigen Gegebenheiten, die mir auf meiner langen Wanderung widerfahren waren, seine Rettung zu verdanken.

Und tatsächlich hielten wir zwei Monate später die schriftliche Erlaubnis in der Hand, an dieser Stelle ein Haus zu bauen. Wir würden zwar nie Eigentümer dieses Grundstückes werden, da das Land den hier ansässigen Indianern gehörte, doch wir durften unser Haus bauen und es nach unserem Tode sogar vererben. Einzige Bedingung war, dass wir achtsam mit diesem Platz umgingen und die Bäume durch den Hausbau keinen Schaden erlitten.

X

In dieser Nacht blieben sie von den nackten Wölfen erstmal verschont. So blieb Sandra Zeit, mit Brian ihre Umgebung zu erforschen. Zu allererst führte Sandra mit Brian den gleichen Test durch, den sie in der Nacht zuvor durchgeführt hatte. Mit einem sehr seltsamen Ergebnis.

Sie entfernten sich exakt vierzehn Schritte von der Hütte. Während sie für Sandra bereits nicht mehr vorhanden war, konnte Brian sie noch klar und deutlich erkennen. Ob es daran lag, dass dies Brians Traum war, konnten sie nur vermuten. Jedoch erschien es logisch.

Sandra bat Brian, ihr eine Rolle Angelschnur zu denken mit mindestens zwei- bis dreihundert Meter Schnur darauf, die sie sich an den Gürtel hängen konnte. Dies sollte für zukünftige ,Alleingänge' ihre Sicherheitsleine sein. Außerdem bat sie Brian, in die Tür ein richtiges Schloss zu denken, damit sie die Tür während ihrer Erkundungstouren abschließen konnte. Man könne ja schließlich nie wissen, wer sich so alles in der Hütte herumtrieb, wenn man zurückkam. Und auf Wölfe wollte sie dort auf keinen Fall treffen. Jedenfalls nicht auf die der nackten Art.

Da sie sich in dieser Nacht sicher fühlten, hatte Brian die Idee, Sandra all die schönen Orte in diesem Traum zu zeigen, die sich mittlerweile durch den Einfluss seiner Phantasie dort angesammelt hatten. Und Sandra war begierig darauf, alles in sich aufzunehmen. Sie schien jedes Detail zu speichern, beinahe wie ein Computer. Bei jedem Schritt befragte sie Brian „Wie sieht es aus?", oder „Wie fühlt es sich an?", oder „Wie riecht es?". Und dann verglich sie Brians Beschreibung mit ihren eigenen Eindrücken. Auch hier förderten ihre Beobachtungen Erstaunliches zutage.

Sandra erlebte, sah und roch diese Welt ganz anders, als Brian. Während für Brian alles frisch, lebendig und neu erschien, waren Sandras Eindrücke wie Gefühle aus zweiter Hand. Wie eine abgelegte Erinnerung einer fremden Person. Wie der Traum eines Anderen eben. Und diese Erkenntnis riss sie nicht gerade zu Begeisterungsstürmen hin. Doch sie nahm sich vor, sich mit dieser Situation zu arrangieren, so gut es eben ging.

X

Bereits früh saß Sheriff Trent an diesem Morgen an seinem Schreibtisch. Er hatte per Email die Ergebnisse der Laboruntersuchung von Sandras Kleidung erhalten. Es waren deutliche Spuren fremder DNA gefunden worden. Und die Datenbank ergab sogar einen Treffer. Während er mit der rechten Hand weiter auf die Tastatur seines Computers ein hämmerte hob er mit der anderen seine Tasse und nippte an seinem Kaffee. Dann las er etwas, das ihm fast die Sprache verschlug und er um ein Haar seinen Kaffee verschüttet hätte. Sofort griff er zum Telefon und wählte die Nummer von Doktor Carter.

Wenig später saß der neben seinem Schreibtisch und starrte ebenfalls auf den Bildschirm.

Trent hatte gerade eine Sammlung alter Zeitungsartikel aufgerufen. Er fasste die

Informationen zusammen. „Richard Brenner. Das ist der Kerl, der mit seinen Leuten vor anderthalb Jahren diesen Schnellzug überfallen hat. Das war irgendwo hier in der Nähe. ... Es gab da eine junge Frau. Eine Systemprogrammiere-rin von Dynatec Industries. Die war mit drei ihrer Kollegen in diesem Zug. Als der Typ versucht hat sie zu vergewaltigen, kam es zu einem Kampf in dessen Verlauf die beiden aus dem Zug gestürzt sind. Zeugen behaupteten sogar, die Frau hätte sich absichtlich mit diesem Kerl aus dem Zug gestürzt."

„Ich erinnere mich. Ist Brenners Leiche nicht ein paar Meilen von hier gefunden worden?"

„Japp. Ich war damals dabei. Sah aus wie ein Klappmesser. Ist voll mit dem Rücken gegen einen Baum geknallt. ... Nur die Frau konnten wir nicht finden ..." Er rief die nächste Seite auf. Dort war das Foto einer Frau zu sehen, der Sandra zum Verwechseln ähnlich sah.

„Da brat mir doch einer einen ..." Carter sah sich das Foto und auch den Text darunter genauer an. „Hier. ... Ein Hinweis an die umliegenden Krankenhäuser. ... Falls eine Jane Doe eingeliefert wird ... Sie hat einen frischen Allergietest auf dem Rücken. ... Und was machen wir jetzt?"

„Irgendwie müssen wir die Identität veri-fizieren. Entweder man befragt Angehörige, nimmt DNA-Proben zum Vergleichen oder man macht es über die Fingerabdrücke."

„Hier steht, sie hatte keine Angehörigen."

„Dann müssen wir es über die Fingerabdrücke versuchen. Ich hoffe, sie ist irgendwo registriert."

„Warte mal. ... Dynatec Industries. ... Da klingelt irgendwas. ... Blätter mal weiter."

Trent klickte die nächste Seite an. Dort war ein Bericht über die Hintergründe des Überfalls. „Offenbar waren die Mitarbeiter von Dynatec das Ziel. ... Hier", er deutete auf eine Zeile des Berichtes, „es gab eine Lösegeldforderung. Die traf eine halbe Stunde nach Abfahrt des Zuges bei der Firmenzentrale von Dynatec ein. Die Leute im Zug konnten telefonisch nicht erreicht werden, weil die Kerle einen Jammer benutzt haben. Erst als der Lokführer absichtlich ein Haltesignal überfahren hat, ist die Sache aufgeflogen. ... Da war Brenner bereits tot und die Frau verschwunden."

„Ich schlage vor, dass wir ihr vorerst nichts erzählen, so lange wir nicht definitiv sicher sind. Du hängst dich an die Strippe und redest mit den Leuten von Dynatec. ... Vielleicht können die Jemanden herschicken, der sie unauffällig identifiziert. ... Ich könnte sie unter einem Vorwand in den Diner bringen."

„Ich werd' sehen, was ich tun kann. ... Fährst du heute noch zu ihr raus?"

„Ja, aber erst etwas später. ... Schlaf ist das, was sie im Moment am dringendsten braucht."

X

Sandra erwachte aus einem anderen diffusen Traum. Sie sah sich um und konnte sich Momente lang nicht erinnern, wo sie war. Was war das für ein seltsamer Traum gewesen? Bruchstückhafte Bilder tanzten an ihrem inneren Auge vorbei, ohne dass sie sie hätte festhalten können. Sie lag allein im Bett. Brian war also in der Zwischenzeit aufgewacht.

Als sie sich bewusst wurde, dass sie fror, blickte sie instinktiv zum Kamin. Das Feuer war erloschen. Schnell stand sie auf, wickelte sich die Decke um die Schultern und bemühte sich, das Feuer wieder in Gang zu setzen. Doch das war leichter gedacht, als getan. Es wollte und wollte nicht brennen. Nach einer Weile gab Sandra es auf, legte sich wieder ins Bett und beschloss, auf Brian zu warten.

Es schien Sandra eine Ewigkeit zu dauern, bis sie wieder irgendein Geräusch wahrnahm. Doch dieses Geräusch bereitete ihr körperliches Unbehagen. Wie bereits Nächte zuvor hörte sie das Trappeln von Pfoten auf dem Waldboden, das Hecheln von Wölfen und bald auch das mehrstimmige Geheul, das einem das Blut in den Adern gefrieren lassen konnte.

Urplötzlich flammte wie von selbst das Feuer im Kamin wieder auf und flackerte mit alter Kraft. Dies war für Sandra das Zeichen, dass Brian in diesem Traum eingetroffen sein musste. Sie lauschte einen Augenblick den Geräuschen der Nacht. Die Wölfe schienen sich von der Hütte entfernt zu haben. Das Geheul schien wesentlich weiter weg, als noch vor ein paar Minuten. Und offensichtlich befanden sie sich wieder auf der Jagd.

Schnell sprang Sandra aus dem Bett, zog sich etwas Wärmeres an und nahm die beiden Handfeuerwaffen, von denen sie sich eine in den Gürtel steckte und die andere in der Hand behielt. Die Rolle mit der Angelschnur band sie so an ihrem Gürtel fest, dass sie sie garantiert nicht verlieren konnte. Dann verließ sie die Hütte und verschloss die Tür.

Sandra lief in die Richtung aus der sie das Wolfsgeheul zuletzt gehört hatte. Nach dreizehn Schritten befestigte sie die Angelschnur an einem Baumstamm. So schnell sie konnte, setzte sie ihren Weg fort, immer dem Geheul der Wölfe hinterher. Das surrende Geräusch der abrollenden Angelschnur begleitete sie.

Immer wieder blieb sie stehen um nach den Geräuschen zu lauschen und ihre Laufrichtung zu korrigieren. Dabei stellte sie fest, dass sie sich langsam aber sicher, einen Hügel oder Berg hinunter bewegte. Auch wurde ihre Umgebung zunehmend steiniger.

Plötzlich hörte sie das Heulen unheimlich verzerrt, doch laut und deutlich direkt neben sich. Sie erschrak und wäre beinahe in die große, dunkle Öffnung gefallen, die sich neben ihr auftat.

X

Der größte Raum der Tropfsteinhöhle war in der Mitte eingestürzt, da die noch relativ dünnen Tropfsteinsäulen das Gewicht der Decke nicht länger tragen konnten. Genau in der Mitte klaffte ein riesiges Loch, durch das das Licht des Vollmondes eindringen konnte. Viele bizarre Figuren scharten sich um den Geröllhaufen direkt unter dem Loch, wie versteinerte Zuschauer um eine Bühne.

Eine der Figuren bewegte sich. Es war Brian, der sich bei dem Versuch, sich vor den Wölfen zu verstecken selbst ins Abseits manövriert hatte. Drei der grässlichen Kreaturen hatten ihn bereits gestellt und näherten sich unaufhaltsam. Zähnefletschend funkelten sie ihn aus zusammengekniffenen, blutunterlaufenen Augen an.

Eine kurze Salve von Schüssen peitschte durch die unheimliche Schattenlandschaft. Brian konnte sich gerade noch hinter einer Steinfigur in Sicherheit bringen. Alle drei Wölfe wurden von den Treffern von den Pfoten gerissen und blieben reglos liegen. Sofort waren die anderen Wölfe da und fielen über sie her. Sandra bemühte sich zu zählen und kam auf neun nein zehn. Dann, urplötzlich waren die Wölfe verschwunden.

Sandra hielt nach Brian Ausschau, der langsam hinter der Steinfigur zum Vorschein kam. Laut stieß er die Luft zwischen den Zähnen hervor.

„Du kommst spät."

„Es war gar nicht so leicht, Dich zu finden." Von dem Geräusch eines fallenden Steines aufgeschreckt blickte Sandra sich lauernd um. „Wir sollten hier verschwinden."

Brian war ganz ihrer Meinung. Mit beiden Händen an der Rettungsleine verfolgten sie den Weg zurück bis zum Eingang der Höhle. Keinen Moment zu früh, wie an dem dumpfen Krachen zu erkennen war, mit dem der Rest der Höhle einstürzte.

„Ups. ... Ich muss wohl irgendwelche tragenden Teile getroffen haben?" Sandra rollte die überschüssige Leine auf die Spule zurück. Als sie wieder loslaufen wollte, hielt Brian sie an der Schulter fest. Im nächsten Augenblick standen sie vor der Hütte.

„So geht's schneller", sagte er mit einem spitzbübischen Lächeln.

X

Als Sandra aufwachte war ihr gesamtes Bettzeug zerwühlt, aber sie fühlte sich besser, als den Abend zuvor. Sie ging ins Bad und nahm eine lauwarme Dusche. Dabei bemerkte sie die juckenden Punkte auf ihrem Rücken. ... Okay, der Doktor hatte was von einem Allergietest erzählt.

Sie stellte sich also nackt vor den Badezimmerspiegel und drehte sich so, dass sie die obere Hälfte ihres Rückens sehen konnte. Sie sah ein offensichtlich mit Kugelschreiber eingezeichnetes Schachbrettmuster. Und in einigen Feldern davon waren leicht gerötete Pünktchen zu sehen. Und einige dieser Pünktchen juckten höllisch. Sie unterdrückte jedoch das Verlangen, heftig daran herum zu kratzen. Der Doktor hatte sie bereits darauf hingewiesen, dass so etwas vorkommen könnte.

Nach der Dusche genehmigte sie sich ein ausgedehntes Frühstück. Sie saß immer noch am Küchentisch, als Doktor Carter zu Besuch kam.

Nachdem er sie gründlich untersucht und zufrieden festgestellt hatte, dass die Blutergüsse, Kratzer und Schürfwunden fast verschwunden waren, hatte er das Gefühl, dass Sandra gerne hätte, wenn er noch etwas da bleiben würde. Ihr lag Irgendetwas auf der Seele, das konnte er ihr ansehen. Also setzte er sich zu ihr in die Küche und bat um eine Tasse Kaffee.

Wie selbstverständlich griff er nach der Tasse, als diese wie von Geisterhand auf dem Tisch erschien. Er gab Sandra dadurch die Sicherheit, dass nicht nur sie es war, die diese merkwürdigen Geschehnisse wahr-nahm.

Nachdem beide schweigend einige Schlucke des schwarzen Gebräus genossen hatten, kam Sandra endlich mit der Sprache heraus. „Hatten sie schon mal einen Traum, der sich angefühlt hat wie ein abgestandenes Getränk vom Tag davor?"

„Kann mich nicht erinnern. ... Wieso?"

„Weil ... seit ich hier bin, träume ich jede Nacht ... nein, eigentlich immer wenn ich schlafe, von einem sehr merkwürdigen Ort. Es ist eine Hütte in einem Wald. ... Und da ist ein Mann ... Brian ... Der sagt, das wäre eigentlich sein Traum. ... Finden sie das nicht merkwürdig?"

„Nicht im Geringsten. ... Fürchten sie sich vor diesem Traum?"

„Nein, eigentlich nicht. Aber dieser Brian, anscheinend. Jedenfalls manchmal. ... Er träumt von Wölfen. Wölfen die nackt und absolut bösartig sind. ... Sie verfolgen ihn. ... Letzte Nacht hab ich einen davon erschossen. ... Im Traum mein ich."

„Moment. Wollen Sie damit sagen, dass sie Einfluss auf seinen Traum nehmen können?"

„So wie es aussieht ... ja ... ich meine ... vorausgesetzt natürlich dass dieser Brian wirklich real ist. ... Könnte ja genauso gut sein, dass er nur ein Produkt meiner Phantasie ist."

„Und können sie sich schon an irgend Etwas erinnern aus der Zeit bevor sie hier aufgetaucht sind? Irgendwelche komischen Gedanken, Gefühle, Gerüche oder so? Meistens fängt das sich erinnern mit solchen Dingen an."

„Nein. Leider nicht. ... Ich hatte mal für einen kurzen Augenblick so ein Bild im Kopf, aber das war sofort wieder weg."

„Was haben sie gesehen?"

„Ich weiß es nicht genau. Es war das Gesicht eines Mannes direkt vor mir. ... Es war knallrot, so als würde er sich sehr anstrengen. Und der Raum, in dem wir uns befanden war sehr eng, so wie eine Telefonzelle etwa. ... Keine Ahnung, was das bedeutet."

„Und empfinden sie etwas, wenn sie an dieses Gesicht denken?"

„Nein, nichts."

„Na gut. Es war klar, dass es länger dauern könnte. Ich bin schon froh, wie sie sich bis jetzt erholt haben. Noch ein paar Tage und ich werde ihnen erlauben ein paar Stunden das Haus zu verlassen. Bis dahin essen und vor allem trinken sie genügend und schlafen sie ausreichend. Ihr Körper weiß schon was er braucht. Hören sie auf ihn."

X

Auch in der nächsten Nacht waren die Wölfe wieder vor Brian da und stellten ihn auf einer Lichtung unweit der Hütte. Doch Sandra hatte sie bereits gehört und wartete ebenfalls. Als sie freies Schussfeld hatte, feuerte sie eine ganze Salve auf die Wölfe ab. Sie erwischte drei und zählte den Rest der Meute. Es waren Neun.

„Merkwürdig" Sie saßen sich jetzt wieder am Tisch in der Hütte gegenüber. „Gestern waren es noch zehn. Heute hab ich drei erwischt. ... Es dürften nur sieben übrig sein. Es sind aber neun."

„Ich würde mir mehr Sorgen machen, wenn es heute elf wären", antwortete Brian leichthin.

„Sag mal, ... nimmst Du mich nicht ernst?" Sandra sah ihn mit dem Aufblitzen von drohendem Ärger in den Augenwinkeln an.

„Doch, keine Sorge. Natürlich nehme ich Dich ernst. ... Aber ich habe eine gute Neuigkeit für Dich. ... Die Untersuchung in der Klinik hatte heute das erste Mal ein positives Ergebnis. Die Zählung der roten und weißen Blutkörperchen hat

ergeben, dass die Krankheit sich nicht weiter verschlechtert. Das hat zumindest Doktor Carter gesagt, der Chefarzt der Klinik, in der ich zurzeit behandelt werde."

Brian schreckte zurück, weil Sandras Blick plötzlich sehr merkwürdig aussah. „Hab ich was Falsches gesagt?"

Sie schüttelte den Kopf. „Nein … keine Sorge. Alles gut. … Ich war nur überrascht, diesen Namen zu hören."

„Doktor Carter?"

„Ja … Mein Arzt heißt auch Doktor Carter … Wie sieht deiner aus?"

„Sehr groß, indianische Gesichtszüge, lange, schwarze Haare …",

„ … wie ein Medizinmann", vollendete Sandra den Satz. Plötzlich war eine gespannte Stille im Raum, dass man den Staub hätte fallen hören können. „Weißt du, was ich denke? … Ich denke, dein Doktor und mein Doktor …. sind ein und dieselbe Person".

„Heureka", Brian warf seine Hände in die Luft und legte sie dann auf Sandras. „Das ist wirklich eine gute Nachricht."

„Wieso ist das gut?"

„Tja, weil das bedeutet, dass ich dich treffen kann. … Im richtigen Leben meine ich."

„Willst du das denn?"

„Aber sicher. … Dich hat der Himmel zu mir geschickt. … Und bis jetzt kenne noch nicht einmal Deinen Namen."

„Mein Name ist Sandra … Jedenfalls ist das der Name, den ich mir ausgesucht habe, bis ich mich an meinen eigenen wieder erinnere."

X

Ruhig und vollkommen entspannt wachte Brian am nächsten Morgen auf. Er hatte das Gefühl Bäume ausreißen zu können. Er sah zum Fenster, sah den Schnee auf dem Fensterbrett, die schneebedeckten Bäume und die Sonnenstrahlen, die die einzelnen Schneeflocken wie Diamanten glitzern ließen.

„Guten Morgen Mister Langley."

Brian erschrak. Er hatte den Mann der zu der Stimme gehörte auf dem Stuhl in der Ecke überhaupt nicht wahrgenommen. „Guten Morgen Doktor. ... Haben sie mir etwa beim Schlafen zugesehen?"

„Ja. Hab ich."

„Warum?"

„Nun, ich wollte sehen, wie ihre Träume sie beeinflussen."

„Und das bedeutet?"

„Ich wollte sehen, ob sie ihnen gut tun, oder nicht. ... Außerdem wollte ich etwas mit ihnen besprechen."

„Nur zu. Ich bin ganz Ohr."

„Mister Langley. Sie haben erzählt, dass sie in letzter Zeit immer von einer Frau träumen."

„Ja, das stimmt."

„Und, ist es immer dieselbe Frau?"

„Ja. ... Worauf wollen sie hinaus?"

„Sieht die Frau so aus?", damit hielt er Brian eine Kopie des Artikels hin, den er am Vortag im Computer des Sheriffs gelesen hatte.

Brian nahm das Blatt und sah das Foto an. Dann las er den Artikel. „Woher haben sie das?"

„Aus dem Computer des Sheriffs."

„Und wieso zeigen sie mir das?"

„Weil sie mir gestern erzählt hat, dass sie ihnen in ihrem Traum hilft. ... Und weil ich mir dachte dass sie ihr vielleicht auch helfen wollen."

Brian ließ die Hand mit dem Blatt Papier auf die Bettdecke sinken. „Was soll ich tun?"

X

„Einzige Bedingung war, dass wir achtsam mit diesem Platz umgingen."

Diese Worte hallten in Sandras Gedanken wider, ohne dass sie genau hätte sagen können, woher sie kamen. Sie grübelte darüber nach, was das für ein seltsamer Ort war, an dem sie sich hier befand. Sie konnte außer hellem Licht vor einem absolut weißen Hintergrund nicht das Geringste sehen. Normalerweise würde man durch ein solch helles Licht auf der Stelle erblinden. Doch nichts dergleichen geschah.

Aus dem Licht kam jetzt eine Gestalt auf sie zu. Sie kannte sie nicht, aber die Gestalt schien sie zu kennen, denn sie streckte die Arme aus und begrüßte sie, beinahe wie eine Mutter die ihre lange verschollene Tochter begrüßen würde.

„Ich habe auf dich gewartet, Kind, ... ich habe sehr, sehr lange auf dich gewartet."

„Wer sind sie?"

„Nun … ich bin die, die vor dir in diesem Haus gewohnt hat. Ich bin die, deren Tagebuch du liest. … Ich habe es für dich geschrieben, weißt du?" Plötzlich veränderte sich die Umgebung. Sie befanden sich jetzt im Haus, genauer gesagt in der Küche. Ein gemütliches Feuer prasselte im Herd und der Tisch war für ein Abendessen gedeckt. *„Setz dich"*, Sissy machte eine einladende Handbewegung in Richtung des Tisches.

„Dies hier ist ein magischer Ort, weißt du? … Es ist ganz egal, was dir fehlt, hier wirst du es finden. … Ganz egal, was für eine Frage dich umtreibt, die Antwort auf alle Fragen, die du jemals gestellt hast und jemals stellen wirst, … die findest du hier. … Was auch immer dir an schlimmen Dingen widerfährt, … hier wird alles gut."

„Warum bin ich hier?"

„Ich vermute du brauchtest Hilfe, und das Land hat dir geholfen. … Nur …"

„Nur?"

„wie schon gesagt … dies hier ist ein magischer Ort. Das heißt, du erhältst die Hilfe, die du benötigst … was aber nicht unbedingt mit dem übereinstimmen muss, was du vielleicht willst."

„Was ich brauche und was ich will ist nicht das Selbe?"

„Nicht unbedingt. … Weißt du … oftmals wissen die Menschen nicht, was gut für sie ist. Dann sollte besser ein anderer die Entscheidungen für sie treffen. … Dieses Land hier, tut genau das. … Es trifft Entscheidungen … Es hat entschieden dich zu retten. Ich weiß nicht warum, doch so ist es. … Aus diesem Grund habe ich diesen merkwürdigen Termin für die Eröffnung

meines Testamentes ausgesucht. ... Das Haus hat es mir gesagt."

„Und was erwartest du jetzt von mir?"

„Kind ... ich erwarte gar nichts von dir. ... Die Frage ist doch nicht, was ich erwarte. ... Was erwartest du? Das Land hat dich gerettet, so wie es das vor vielen Jahren für mich und Jack getan hat. Und das einzige, das von uns erwartet wurde, war dass wir dieses Geschenk annehmen. ... Also nimm das Geschenk an. Hinterfrage es nicht. Und LEBE."

„Ich kann mich aber nicht erinnern, wer ich war. ... Wie soll ich darauf eine Zukunft aufbauen?"

„Die Erinnerung wird schon zu dir kommen. ... Dann wenn es gut für dich ist. Hab einfach Vertrauen."

X

Langsam verblasste das Bild und Sandra merkte, dass sie in ihrem Bett lag. Sie blinzelte und sah sich um. Für einen kurzen Moment erhaschte sie noch einen Blick von ihrem Freund, dem Wolf, der, sich mit den Pfoten auf dem äußeren Fensterbrett abstützend, zu ihr hereinsah und lächelte.

Ein Klopfen an der Haustür riss sie aus ihren Gedanken. Schnell schälte sie sich aus dem Bett, streifte Morgenmantel und Pantoffeln über und ging den Flur entlang. Durch die kleine Scheibe in der Tür konnte sie erkennen, dass zwei Schatten vor der Tür standen. Es war Doktor Carter und Jemand, der ihr den Rücken zugekehrt hatte.

Der Medizinmann reichte ihr freundlich die Hand. „Können wir rein gehen? ... Ich wollte Sie um einen Gefallen bitten." Er tat verschwörerisch, was die gewünschte Wirkung nicht verfehlte. Sandra gab ihm, mit einem skeptischen Seitenblick auf den Fremden, der weiterhin den Garten betrachtete, den Weg frei.

Als sie sich in der Küche gegenüber saßen, kam Carter gleich zum Punkt. „Ich schätze, sie haben inzwischen mitgekriegt, dass dieses Haus etwas Besonderes ist. ... Die vielen kleinen Dinge, die auf unerklärliche Weise geschehen, und so weiter."

„Japp, ist mir auch schon aufgefallen. ... Ich dachte zuerst, ich werde langsam verrückt oder hab Halluzinationen. Aber für alle anderen, die mich besucht haben, schien das vollkommen normal zu sein."

„Sie haben Recht. Wir kennen die Kräfte dieses Landes, auf dem das Haus steht. Unsere gute Sissy wusste ebenfalls darum und verstand es, weise damit umzugehen. Und damit wären wir beim Grund meines Besuches."

„Ich bin ganz Ohr. ... Kaffee?"

„Ja gern." Während er die Kaffeetasse zwischen den Händen hin und her drehte, die wie Sandras augenblicklich auf dem Tisch erschienen war, und die Wärme genoss, überlegte er sich jedes Wort, das er sagen wollte. „Sie haben sicher bereits gemerkt, dass dieses Haus so eine Art Heilende Kräfte hat. ... Sie sehen es daran, dass ihre Verletzungen beinahe komplett verschwunden sind."

„Hab ich gemerkt."

„Sissy hat gelegentlich die heilenden Kräfte des Hauses mit anderen geteilt. ..."

„Und sie hätten gern, dass ich das jetzt auch mache. ... Selbstverständlich mach ich das. ... Aber ... wie teile ich die Kräfte dieses Hauses?" Sie hob ihre Kaffeetasse an die Lippen und nahm einen kräftigen Schluck.

„Ich hab ein gutes Beispiel für sie. ... Sie kennen Lloyd Richardson, Sissys Anwalt?"

„Ja, ... Irgendwie ist er jetzt wohl auch mein Anwalt."

„Genau. Lloyd hatte mal, ist schon länger her, einen schmerzhaften Hexenschuss. Ausgerechnet an dem Tag waren er und seine Frau hier auf ein Barbeque eingeladen. Und als Sissy merkte, was los ist, hat sie Lloyd gebeten, sich auf der Terrasse etwas auszuruhen. Damals stand draußen noch eine ziemlich bequeme, gut gepolsterte Bank, auf der man hervorragend Mittagsschlaf halten konnte. ... Und nach dem Mittagsschläfchen ging es Lloyd tatsächlich besser. Sein Hexenschuss war verschwunden."

„Das heißt also, ich soll ab und zu hier jemanden schlafen lassen?" Sandra war froh, endlich einen Weg gefunden zu haben, ihren Dank zu zeigen. „Klar mach ich das. Gern sogar."

„Darüber bin ich wirklich froh. ... Und ich hab auch schon genau den richtigen Kandidaten für sie. ... Er ist einer meiner Patienten. Und von allen meinen Patienten kann er die heilenden Kräfte dieses Hauses wirklich am meisten gebrauchen."

„Dann wird es Zeit, dass sie uns vorstellen", antwortete Sandra mit einem Aufblitzen von Abenteuerlust in den Augenwinkeln.

Ein paar Minuten später stand er in ihrer Küche. ... Leibhaftig. ... Und Sandra traute ihren Augen kaum.

Auch Brian brauchte einen Moment, sich zu sammeln. Dann stürmten sie mit ausgestreckten Armen aufeinander zu und begrüßten sich, als wären sie gute Freunde, die sich Jahre nicht gesehen hatten.

Carter stand an der Seite und beobachtete erfreut, dass sein Plan aufging.

X

In seinem Büro saß Sheriff Trent inzwischen am Telefon. „Ja, wir sind sicher. Jedenfalls ziemlich sicher. Es gibt ettliche Indizien, die dafür sprechen. Aber uns fehlt ein eindeutiger Beweis. Ihr fehlt nach wie vor jede Erinnerung. Wir brauchen also Irgendetwas, mit dem wir sie eindeutig identifizieren können. ... Ja. ... So geht es natürlich auch. ... Einverstanden. ... Dann erwarte ich Ihren Kurier morgen früh in meinem Büro. ... Ja, danke", und indem er den Telefonhörer zurück auf die Gabel warf, „Geheimniskrämer."

Tom kam gerade mit einer Tasse Kaffee ins Büro und hockte sich auf den Stuhl neben Trents Schreibtisch. „Ärger?"

„Ärger gerade nicht. ... Verdammt. ... Die wollen die Unterlagen über ihre verschwundene Mitarbeiterin mit einem Kurier schicken."

„Und? ... Wo ist das Problem?"

„Weil das verdammt nochmal alles so lange dauert."

„Sie war jetzt wie lange? ... anderthalb Jahre verschwunden. ... Was macht da ein Tag länger, wenn sie dafür endlich Gewissheit hat."

„Du weißt, ich mag Rätsel nicht. ... Wenn sie es ist, dann wüsste ich gerne, wo sie die letzten anderthalb Jahre gewesen ist."

„Nicht nur du. ... Ich schätze die Jungs von Dynatec wüssten das auch gern. ... Dann wäre es mit der Ruhe hier vorbei ..."

„Ich muss mit dir reden."

Trent und Foster sahen beide erschrocken zur Tür. Dort stand Doktor Carter. Er trug eine warme fellgefütterte Jacke aus gegerbtem Leder und sein langes pechschwarzes Haar lag offen darüber. So sah er beinahe wirklich aus, wie ein Indianerhäuptling von diesen alten Fotografien.

Tom entschied, dass es Zeit war, sich vom Acker zu machen. Was die beiden im Büro des Sheriffs so alles besprachen, wollte er lieber nicht so genau wissen. Leise schloss er die Tür hinter sich.

X

Sandra und Brian hatten sich unterdessen viel zu erzählen, Sie hatten nicht einmal bemerkt, dass Doktor Carter gegangen war.

Sie saßen den ganzen Tag zusammen und redeten. Zuerst in der Küche, dann im Wohnzimmer, und dann wieder in der Küche, nachdem das Haus beschlossen hatte, dass es Zeit fürs Abendessen wäre.

Auch Brian wagte nicht, die Wunder zu hinterfragen, die hier geschahen. Er als Schauspieler hatte ohnehin schon so einiges Seltsame erlebt. Außerdem brauchte er von der Existenz von Wundern nicht erst überzeugt zu werden. Durch ihren gemeinsamen Traum war er bereits sicher, dass es sie gab.

So langsam wurde es Nacht und Zeit zum Schlafengehen. Jetzt überkam ihn doch ein komisches Gefühl.

In seinem Traum hatten sie bereits des Öfteren gemeinsam in einem Bett gelegen. Doch dies war kein Traum. Er sah sich um und überlegte, wie bequem wohl die Couch sein würde, doch Sandra nahm wie selbstverständlich seine Hand und zog ihn in Richtung Schlafzimmer.

Zögerlich folgte er ihr. Ein unsicheres Lächeln umspielte ihre Lippen, als sie die Tür weit öffnete, so dass das Bett zu sehen war. Mit einem scheuen Seitenblick auf Brian ging sie hindurch und zog ihn hinter sich her.

X

Am nächsten Morgen brachte, wie vereinbart, ein Kurier einen dicken, wattierten Umschlag in das Büro des Sheriffs. Er und Doktor Carter warteten bereits ungeduldig darauf.

Der Umschlag enthielt ein komplettes Dossier über eine Frau Namens Cassandra Smith. Es gab eine Bewerbungsmappe, die einen Lebenslauf und Zeugniskopien enthielt, eine Mappe mit Recherchen eines Detektivs, jede Menge Fotos und zwei kleine Glasröhrchen. Das eine enthielt eine Blutprobe und das andere ein kleines Bündel abgeschnittener Haare.

„Die waren aber mal echt gründlich", ließ Carter seinen Bariton erklingen. „Cassandra. ... Kein Wunder dass sie sich den Namen Sandra ausgesucht hat. Das wird bestimmt ihr Rufname gewesen sein. ... Ich verstehe nur nicht, weshalb Dynatec sie vor der Einstellung von einem Detektiv durchleuchten ließ."

„Ja. Naja, es gibt Firmen, die machen das generell so. Gerade Firmen aus der Computerbranche. ... Hier", Trent übergab Carter die beiden Glasröhrchen. „Das Labor soll das mit den Proben vergleichen, die Ihr schon von ihr habt."

„Und wenn sie es ist, wovon ich ausgehe?"

„Dann machen wir es genauso, wie wir es gestern besprochen haben. ... Ich habe keine Lust aus unserem Ort ein zweites Lourdes zu machen." Er blätterte in den Unterlagen die der Detektiv zusammengetragen hatte. „Wann gehst du wieder zu ihr?"

„Heute Nachmittag, wenn die Ergebnisse der Laboruntersuchung vorliegen." Er sah den Sheriff irritiert an, der anfing unruhig in den Unterlagen vor und zurück zu blättern.

Trent sah ihn an und drückte ihm die Unterlagen in die Hand. „Fällt dir was auf?"

Jetzt war es Carter, der unentwegt die Unterlagen vor und zurück blätterte. „Sieht merkwürdig aus. Alle Daten scheinen aus demselben Zeitraum zu stammen. ... Davor existiert gar nichts. ... Weißt du, was das zu bedeuten hat?"

„Sagen wir, ich hab da so einen Verdacht. ... Aber an die Informationen kommen wir nicht so ohne weiteres ran. Da müssen wir warten, bis derjenige der dafür zuständig ist, auf uns zukommt."

„Klingt geheimnisvoll."

„Das soll es auch. ... Könnte die Frau schließlich immer noch das Leben kosten."

„Zeugenschutz?"

„Klingt logisch. ... In einem dieser Zeitungsartikel stand doch drin, dass allem Anschein nach die Mitarbeiter von Dynatec das Ziel waren. Und Richard Brenner hat, laut der Augenzeugen, ganz gezielt Cassandra aus der Menge herausgepickt. ..."

„Ob ihre Tarnung aufgeflogen ist?"

„Könnte sein. ... Ich werd mal im Trüben fischen. ... Mal sehen, ob jemand kommt, um mir auf die Finger zu schauen. ... Für Alle Fälle sollten wir ein Passwort ausmachen. ... Ich meine ... falls Gefahr droht."

„Testament?"

„Zu auffällig."

„Okay. ... Wie wär's dann mit Lunch-paket?", antwortete Carter mit einem Seiten-blick auf die Lunch-Box, die auf dem Schreibtisch des Sheriffs direkt neben dem Telefon stand.

„Besser. Die hab ich immer dabei. Da kann ich unauffällig was einfließen lassen."

„Okay. Dann mach ich mich mal an die Arbeit. ... Ich sorg dafür, dass das Labor sich beeilt."

„Danke. ... Wenn ich was rauskriege, sag ich dir Bescheid."

„Gut",

Trent begann sofort wieder die Tastatur seines Computers zu traktieren. Während er die Worte ‚Cassandra Smith; Dynatec' in das Google-Suchfenster eintippte, sah er sich argwöhnisch um, so als erwartete er, jeden Augenblick einen Schuss zu hören.

Natürlich geschah nicht sofort etwas. Doch irgendwo in einem kleinen Büro einer streng geheimen Behörde in Washington, ging jetzt ein Alarm los. Und noch in der gleichen Stunde machte sich ein Beamter auf den Weg.

X

Gegen Abend kam Doktor Carter wieder zum Büro des Sheriffs. Er platzte mitten in ein Gespräch, das Trent mit einem Besucher führte. Der Besucher sah aus, wie ein typischer Beamter, schmal, unscheinbar, gekleidet in einen dunkelgrauen Anzug. Er sah aus, wie jemand, den man auf der Straße sieht und sofort wieder vergisst. Allerdings fand Carter es seltsam, dass der Fremde Cowboystiefel zu gewöhnlichen Anzughosen trug. Der Fremde war auf jeden Fall mehr, als er zu sein vorgab.

„Wir wollten uns doch zum Lunch treffen", begann Carter mit einem Augenwink in Richtung von Trents Lunch-Box.

„Es ist Okay, Doc. Du kannst offen reden. ... Das hier", damit deutete er auf seinen Besucher, „das ist US Marshall Bob Quinn, vom Zeugenschutz. ... Ich hab ihn mit einer kleinen List aus seinem Schneckenhaus rausgelockt. ... Sorry Bob", damit sah er seinen Besuch entschuldigend an.

„Ist schon in Ordnung. Ich bin es gewöhnt, dass man mir nicht traut. ... Ich würde es auch nicht anders machen." Damit reichte er Carter die Hand. „Ich sagte dem Sheriff gerade, dass ich nicht wissen möchte, wo sie Cassandra untergebracht habe, wenn sie es denn ist. ... Und, Doc ... ist sie es?"

„Nun ... Es besteht eine hohe Wahrscheinlichkeit, dass Cassandra Smith und unsere Jane Doe ein und dieselbe Person sind. ... Allerdings liegen die Ergebnisse der DNA-Untersuchung noch nicht vor. Erst dann wissen wir es genau. Und? ... Wie geht's jetzt weiter?"

„Nun, Doctor, ... der Sheriff sagte mir, dass Cassandra sich an nichts erinnern kann, daher ist sie für unseren Fall im Augenblick nicht von Wert. ... Wenn sie verstehen, was ich meine."

„Dann wäre es für sie wohl besser, wenn sie es nicht ist. ... Richtig soweit?"

„Korrekt. ... Hören Sie. Sie war anderthalb Jahre verschwunden. ... Der Fall ist so oder so gelaufen. ... Warum jetzt noch das Mädchen in Gefahr bringen?"

„Sie gefallen mir. ... Und was ist, wenn sie sich irgendwann doch wieder erinnert?"

„Nun, ... Sheriff Trent hat jetzt meine Nummer. Und falls Cassandra ..."

„Wenn sie es denn ist .."

„Genau, ... Wenn sie es ist. ... Also wenn sie sich wieder erinnert, und sich noch in den Prozess einbringen möchte, falls der bis dahin nicht schon abgeschlossen ist, dann kann der Sheriff mich kontaktieren. ... Aber ich würde es für sicherer halten, wenn Cassandra Smith das bleibt, was sie die letzten anderthalb Jahre war."

„Und was wäre das?"

„Verschollen!"

X

Nachdem der Marshall sich verabschiedet hatte, blieb Doktor Carter noch eine Weile.

„Und? Sei ehrlich. Was hältst du von dem Typ?"

„Weiß nicht. Schwer zu sagen. ... Er sagte ja, dass man Leuten wie ihm gefühlsmäßig nicht traut. ... Klingt ja auch logisch, weil es ihr Job ist, Leute verschwinden zu lassen. Aber ..."

„Aber eigentlich tun sie ja was Gutes, weil sie dabei helfen, Menschen das Leben zu retten."

„Stimmt. ... Aber ich trau ihm trotzdem nicht."

„Das dachte ich mir. ... Deshalb hab ich das Ergebnis der DNA-Untersuchung auch nicht in seinem Beisein auf den Tisch gelegt", damit nahm er einen unscheinbaren Umschlag aus der Innentasche seiner Jacke und legte ihn vor Trent auf den Tisch."

Skeptisch sah Trent den Umschlag an. „Will ich es wirklich wissen?" Er sah Carter zweifelnd an. „Ich meine, was ich nicht weiß, kann der Frau später nicht gefährlich werden."

Carter nickte und nahm den Umschlag wieder an sich. „Und was wirst du Dynatec sagen?"

„Ich werd denen sagen, dass sie der Frau zwar sehr ähnlich sieht, dass sie es laut DNA-Untersuchung aber nicht ist. ... Kriegst du das irgendwie hin?"

„Was denkst du wohl, was da drin ist?" Er grinste. „... Lynette hat mir bereitwillig eine

Haarprobe überlassen, die ich mit den Proben von Dynatec vergleichen konnte. Übereinstimmung absolut ausgeschlossen."

„Was würden wir nur ohne dich machen?"

„Ja, das frag ich mich manchmal auch", erwiderte Carter trocken. Er legte den Umschlag wieder auf den Tisch. „Ich schlag vor, du lässt diesem Marshall Quinn eine Kopie davon zukommen. Dann kann der die Akte endlich schließen."

X

Am späten Nachmittag saßen dann Sheriff Trent, Doc Carter , Brian und Sandra in deren Wohnzimmer und Carter versuchte Sandra so schonend wie möglich mit den Fakten vertraut zu machen.

„ ... sie haben durch unseren kleinen Trick genügend Zeit gewonnen, um ganz gesund zu werden und hoffentlich ihre Erinnerung wieder zu erlangen. Wenn sie sich denn erinnern wollen. ... Und sowohl Dynatec als auch die Leute vom Zeugenschutz halten sie weiterhin für verschollen, das heißt, es droht ihnen vorerst keine Gefahr."

„Und wenn ich mich nie wieder erinnere?"

Brian nahm ihre Hand. „Wäre das denn wirklich so schlimm? ... Nachdem was der Sheriff herausgefunden hat, hattest du keine Angehörigen. Also würde dich niemand vermissen. Und hier hast du Freunde auf die du zählen kannst. ... Und ich bin ja auch noch da ... ich meine ... falls du mich willst."

Carter und Trent wechselten einen vielsagenden Blick und verfolgten gespannt die leicht unwirklich anmutende Szene.

Brian sank in diesem Moment vor Sandra auf die Knie und nahm ihre Hand. „Ich möchte diese Hand nie wieder los lassen. ... Du bist das Beste das mir jemals passiert ist. ... Du bist der Engel, der mich gerettet hat. ... Willst du meine Frau werden?"

Sandra sah auf Brian hinunter und es überkam sie auf einmal ein merkwürdiges Gefühl. Es war ungefähr so, wie an ihrem ersten Abend in diesem Haus, als sie in der Bibliothek stand und auf einmal wusste, dass sie Zuhause war. Und plötzlich gab es kein Zaudern mehr, keinen Zweifel und keine Angst. Weder vor dem Gestern noch vor dem Morgen. Und mit einem seligen Lächeln hauchte sie „Ja, ich will."

X

Seit damals sind inzwischen viele Jahre vergangen. Sandra hat ihre Erinnerung nie wieder erlangt. Aber sie hat sich neue Erinnerungen geschaffen. Sie und Brian sind immer noch glücklich verheiratet.

Brian ist wieder vollständig gesund und arbeitet wieder als Schauspieler. Er kommt nach jedem Dreh wieder zu Sandra und dem Haus zurück. Sheriff Trent, Doc Carter, Lynette und Lloyd Richardson sind für die Beiden zu guten Freunden geworden.

Sandra hat inzwischen mehrere Bücher veröffentlicht, mit ähnlichem Inhalt, wie die Bücher ihrer Tante.

Vielleicht wird sie irgendwann auch über die Wunder schreiben, die ihr hier widerfahren sind. Über dieses wundertätige Land, das Entscheidungen trifft, über das Tor mit den quietschenden Angeln und der Bohnenranke, das Haus mit den knarrenden Stufen und den flüsternden Stimmen. Und über ihren Freund, den Wolf.

ENDE

Am Anfang war nur die Idee einer Geschichte über eine junge Frau, die auf der Suche nach ihrer wahren Identität eine Menge Abenteuer erlebt.

In den folgenden 30 Jahren erlebte ich noch mehr abenteuerliches beim Schreiben der Geschichte. Bevor ich mit dem Schreiben anfing, war mir gar nicht klar, wieviel man können und wissen muss, um eine einfache Geschichte ordnungsgemäß zu Papier zu bringen. Wie ich es dann schließlich doch geschafft habe, davon handelt dieses Buch.

Madison S. Archer

Daniel Watson

Der Fluch der Terrakotta Krieger

Daniel Watson, ein Detective der New Yorker Mordkommission gerät durch die Arbeit an einem Serienmord in den ungewöhnlichsten Fall seines Lebens. Ein Fall, der nicht nur sein Leben auf den Kopf stellen würde.